Illustration : nauribon

王国の最終兵器、劣等生として騎士学院へ

The ultimate weapon of the kingdom,
he went to the Knight Academy as an inferior student.

1

著 猫子
Ill. nauribon

CONTENTS

第一話　王国の最終兵器、劣等生として騎士学院へ

1

アディア王国の地方部で起こった、神隠し騒動。大昔に魔物災害で滅んでしまった廃村の近隣にて、通り掛かった者が行方不明となる事件が多発しているという。この事件の被害の一例として、護衛の付いていた計三十人以上にもなる隊商が、何の痕跡も残さずに消息を断った、というものもある。

この神隠し騒動の元凶が潜んでいると目星を付けられている、廃教会地下の調査が今回の俺の任務だった。

廃教会の暗い地下通路を進んでいると、前方より人の気配があった。俺は鞘《さや》から剣を抜いて構えた。

通路の先は大きく開けた空間があり、その中央には祭壇があった。痩せこけた男が、その祭壇の上から俺を見下ろしている。

男は頭が禿《は》げ上がっており、肌は青白く、生気を感じさせない風貌をしていた。だが、その真っ赤な双眸だけは、邪悪な生命力に滾《たぎ》っている。

〈死霊王グノム〉と、そう畏れられている人物に間違いなかった。元々は王国の研究機関に所属していたが、研究心から道を踏み外し、禁忌に魅せられた憐れな錬金術士だ。

被害人数はわかっているだけで千にも上る。姿を晦《くら》ましてから五十年以上が経っており、既に死んだ人物として扱われていた。

「我の真理の探究を邪魔するのが何者かと思えば……その格好、騎士様か」

グノムが俺を見て笑う。俺は答えず、グノムへの距離を詰める。

「おいおい、たった一人か？　随分とまあ、甘く見られたものだ。おまけに〈龍章〉無しではないか」

グノムが嘲るように口にする。

〈龍章〉とは、上位騎士に授与される、金属製の徽章《きしょう》だ。受け取った騎士は、胸部に付けることを義務付けられている。三種類あり、〈銅龍章〉、〈銀龍章〉、〈金龍章〉に分かれている。特に〈金龍章〉はその時代の最強の十人にのみ授与されるものであり、王国騎士における最大の名誉であるとされているのだ。

俺はそのようなものとは無縁だ。〈銅龍章〉でさえ授与されたことはない。そして、これからもないだろう。

「小僧……我は、〈金龍章〉持ちを殺したことがある。ただの騎士となれば、数えていればキリがないほどにな。軽い調査のつもりできたのだろうが、クク、我とぶつかるとは不幸な小僧よ。この国に、我を裁ける者などおらん。殺したければ、今代の〈金龍章〉持ちを五人はここに連れてくるべきであったな」

グノムの言葉を無視し、俺は地面を蹴って奴へと跳んだ。グノムは不可解そうに顔を顰《しか》める。俺の意図が読めないと、そういうふうだった。

「ふむ……どうせ逃げられはせぬと踏んで、特攻して死を選ぶ、か。よかろう、ならば潔く死ぬがいい。お前に使うには過ぎた力であるが、冥土の土産に見せてやろう。出でよ、アンデッドドラゴンよ！」

巨大な魔法陣が展開され、そこから大きなドラゴンが姿を現した。ドラゴンの肉は腐敗しており、目玉がなく、ぽっかりと眼窩が空いていた。

アンデッドドラゴンは知っている。死んだドラゴンを強引に蘇生させたものだ。生前の知性はなく、主《あるじ》であるグノムに従う人形となっている。

ただ、その膂力と生命力は生前以上である。肉体がいくら破損しようが、敵へと喰らいつくことができる。特にこのアンデッドドラゴンはかなり大柄だ。

全長二十メートル近くある。龍齢千歳に達している、ドラゴンの大貴族だ。ドラゴンは長命であり、年齢に体格、聡明さ、そしてマナが比例する。そのため龍界の階級は年齢で分けられているという。

「餌となるがいい、小僧。貴様の魂は永劫に救われることなく、アンデッドドラゴンの体内を彷徨い、苦しみ続けるのだ」

俺は地面を蹴って跳び上がり、アンデッドドラゴンの頭へと剣を向ける。腕にマナを迸らせる。黒い輝きが俺の両腕に宿った。

マナを用いて、膂力を強化する。〈剛魔《ごうま》〉と称される技術だ。

「これほど明瞭にマナが目に見えるほど、濃密な〈剛魔〉だと……？　それに、こんな邪気を帯びたマナ、我でさえ見たことがない！」

俺の振るった剣で、アンデッドドラゴンの身体はバラバラになった。緑に変色した毒血が飛び交う。腐肉に骨、内臓が砕けたものが床に崩れ、広がっていく。

どうやらここまで〈剛魔〉にマナを掛けなくてもよかったようだ。相手を高く見積もり過ぎたらしい。

「あ、有り得ぬ！　我の最高傑作を、たった一人で正面から打ち破れる人間など、この国にいるはずがない……！」

俺は着地と同時にグノムに一閃をお見舞いした。グノムの斬り飛ばされた上半身が、教会地下の壁に叩き付けられる。衝撃で背中が潰れ、頭が割れる。

だが、床に落ちたグノムは、まだ生きていた。その真っ赤な両目で俺を睨んでいた。

この手の錬金術士は、不老不死を得るために自分の身体を弄《いじ》っていることが多い。グノムもそのタイプだったらしい。しかし、じきに息絶えるのは間違いなかった。

この国にいるはずがない、か。だが、俺は同じことができるであろう人物を、俺以外にも三人知っている。

「有り得ん……有り得ん、こんな男が、このアディア王国にいるわけがない！　お前は、お前は、何者だ！」

グノムが叫ぶ。潰れた体で、必死に地を這いながら俺を見上げる。

答えなくてもよかった。答える気もなかった。

不要な会話は推奨されていない。ただ、死にゆく相手を前に、何となく口が開いた。

「名はない。ただ、〈名も無き一号《アイン》〉と、そう呼ばれている」

俺の言葉に、グノムが目を見開く。

「アイン、だと？　伝説は本当だったというか……！　裏の騎士、王国の最終兵器……〈幻龍騎士〉！　教会暗部が禁忌を犯して造り上げた、存在を隠された四人の騎士……！」

俺はグノムの傍まで行き、剣を掲げた。無論、トドメを刺すためである。

「ク、クク……真に〈幻龍騎士〉が実在したとは、王国も堕ちたものよ。お前も空虚な奴よ。名を持たず、色恋を知らず、全てを捧げても栄誉を得られず。そうして王国の兵器として、人としての喜びを何ら知らずに死んでゆくのだ」

下ろす剣が、途中で止まった。何故止まったのか、自分でも理解できなかった。グノムと真っ直ぐに目が合った。

すぐに剣を下ろしきった。グノムの頭部が弾け、脳漿《のうしょう》が舞った。返り血を浴びながら剣を鞘へと戻した。

「名を持たず、色恋を知らず、栄誉を得られず……」

グノムの言葉を反芻する。

これまで考えたこともないことだった。任務に必要のないものはお前には不要だと、そう教わってきた。

「俺には、何もないのか……?」

それがどう駄目なのか、俺にはわからなかった。ただ、漠然とした不安が俺の中で芽生え、広がりつつあるのを感じていた。

2

〈死霊王グノム〉の討伐を終えた俺は、〈幻龍騎士〉の拠点である聖都セインの大聖堂へと戻っていた。

天井には大きなシャンデリアがあり、壁には荘厳な宗教画が並べて飾られている。ステンドグラスには、聖龍教で信仰されている天使達の姿が描かれていた。

広間の奥には、岩を連想させる、ごつごつとした顔つきの巨漢が立っていた。白に金の刺繍が入った、豪奢なローブに身を包んでいる。

「ネティア枢機卿、任務を終えましたのでその報告に」

俺は片膝を突き、声を張り上げた。

大男は俺へその無感情な目を向けたかと思えば、突然硬直して動かなくなった。かと思えば、彼の身体が土へ変わり、崩れ落ちて床へと散らばっていく。

大男の姿が消え、代わりに黒髪の美女が立っていた。長い艶やかな黒髪が宙に靡《なび》く。透き通るように白い肌は、見るものに畏怖を抱かせる程の美があった。そしてオッドアイの瞳は深紅と瑠璃色、どちらも宝石のような輝きを帯びている。暗色のドレスは派手で毒々しく、この荘厳な広間には似つかわしくない。

こっちがネティア枢機卿の真の姿だ。彼女は錬金術で、自身の身体をかなり弄っている。実年齢は二百を超えると聞いたことがある。

本来、如何に権力者であっても、錬金術による不老不死の探究は認められていない。それは世界の理を乱す行為であり、どの国でも魔術法によって禁忌に指定されている。我がアディア王国でも例外ではない。

そのためネティア枢機卿は、表向きの姿としてあの大柄な男を用意しているのだ。ネティアとい

う名も本名ではないというが、俺も彼女の本当の名前は知らない。今までに二十以上の名を使い分けて生きて来たらしく、最早本人でさえも自身の全ての名前を覚えているのか怪しいのではなかろうか。

俺を含む〈幻龍騎士〉の四人は、ネティア枢機卿が造ったのだ。教会孤児だった俺達に禁じられている魔術を行使し、彼女が手段を選ばずに肉体とマナの強化を施したのだ。明るみに出れば、俺もネティア枢機卿も無事では済まないだろう。

そんなネティア枢機卿が堂々と大聖堂にいられるのは、彼女が王族と教会上層部を百年単位で支配し続けているためだ。この王国の陰の支配者であるといえる。

ネティア枢機卿は俺の顔を見ると、人形のような端整な顔を歪ませ、禍々しい笑みを作った。彼女の姿が消えたかと思えば、俺のすぐ目前に立っていた。

「よぉし、よーし、よく戻って来てくれたわね、私の子。ほら、立ちなさい」

ネティア枢機卿は俺の頭を撫で、背をべたべたと触ってくる。そのまま強引に俺を立ち上がらせながら、背に手を回してくる。

「あの神隠し騒動の件ですが」

俺はネティア枢機卿に抱き着かれながら、今回の任務について報告しようとする。

「いいわよ、報告なんて。騎士団にはしっかり調査させてあるのだし、この国のことで知らないことなんて、何一つ私にはないのよ？　それに、私は貴方に、絶対の信頼を置いているわ。それとも何か、予想外のことがあったのかしら？」

至近距離から、ネティア枢機卿は色の違う双眸で俺の顔を見つめる。

「いえ、全てはネティア枢機卿の想定通りでした」

「〈死霊王グノム〉がいて、貴方はアレをしっかり殺したのでしょう？　だったら報告なんていらないわよ。それとも何か、気になっていることでもあるのかしら？」

「気になっていること……」

そう聞いて、ふと〈死霊王グノム〉に言われたことが頭を過《よぎ》った。

『お前も空虚な奴よ。名を持たず、色恋を知らず、全てを捧げても栄誉を得られず。そうして王国の兵器として、人としての喜びを何ら知らずに死んでゆくのだ』

何故だろうか。敵の言葉など、これまでまともに聞き入れたことはない。だというのに、あの言葉が頭から離れないのは。

俺が黙っていると、ネティア枢機卿が顔を顰め、表情を曇らせた。俺の顔を覗き込む。

「どうしたのかしら、私の子？　何か、気になっていることがあるみたいじゃない」

「いえ、任務とは関係のないことです」

「……へえ、貴方が任務以外のことで、頭を悩ませるなんてね。言ってごらんなさい」

暗く冷たい、ぞっとするような声音だった。

己を殺し、感情を殺して任務に徹し、このアディア王国の平穏のために全てを捧げよ。

今までネティア枢機卿に言われ続けてきたことだ。俺が任務以外のことに頭を悩ませているのが、気に喰わなかったのかもしれない。

「何を黙っているの？　この私の言葉が聞けないのかしら？」

「いえ……すいません。ただ、話すほどのことでもないかと」

ネティア枢機卿はふう、と息を吐き、表情を和らげた。俺から身体を離し、真っすぐに俺の目を見る。

「今回の任務もご苦労だったわ。もしも何か願いがあるのなら、口にしてみなさい。私は、貴方のことを、本当に大事に想っているのよ。叶えられるものであれば、すぐにだって用意してあげましょう」

「ネティア枢機卿……」

俺は少し迷った後、口を開いた。

「実は、その、学院とやらに通ってみたいのです」

俺は思い切って、そう言ってみることにした。

グノムに空虚な人生だと嘲笑われ、俺はこのままでいいのだろうかと、聖都セインへの帰路の間、ずっと考えていたのだ。

その道中、聖都の学院を見かけた。校舎のあちらこちらで、学生達が楽しげに談笑していた。ちょっとした魔術を競っている者や、焼き菓子を取り合って騒いでいる者がいた。俺と同じくらいの歳の男女だった。

これまでは学院など自分とは無縁の世界だと、気に留めたこともなかった。だが、グノムの言葉が引っ掛かっていたからだろうか。あのときは、ただじっと、半刻以上に渡ってぼうっと校舎を眺めていた。

羨ましい。これまで、抱いたことのない感情だった。いや、もしかすれば、遠い過去には俺が持っていた感情だったのかもしれない。

「ネティア枢機卿、その……お願い、できませんか？　一週間、いえ、数日で構わないのです」

「まさか、よりによって貴方が、そんな腑抜けたことを言い出すだなんてね」

ネティア枢機卿は、苛立ったように瞼を痙攣させていた。彼女の身体から邪気の込められたマナを感じる。怒っている。やはり、言うべきではなかったか。

「いえ……でも、そうね。確かに〈幻龍騎士〉は不安定な子が多い……。おまけに教会上層部からも腫れ物のように扱われているし、今のままだと、もしも私の身に何かあったとき、取り返しのつかないことになりかねない。一番精神の安定しているこの子には、最低限の世俗や社交性を身に付けてもらった方がいいかもしれないわね。十年前とも、また事情が違うのだし。王国に蔓延《はびこ》っていた危険な禁魔術師の大半はもうここ数年で片付いてしまったのだし……しばらく一人が抜けても、大きな問題はないわね」

ネティア枢機卿は顎に手を当て、思案していた。どうやら俺の願いについて、真剣に検討してくれているように見える。

ネティア枢機卿はパチンと指を鳴らした。

「わかったわ。貴方はこれより三年間、〈幻龍騎士〉の〈名も無き一号《アィン》〉ではなく、ただの教会孤児のアインとして、王都の騎士学院に通うの。普通の騎士学院だと貴族以外の者を入れるのはちょっと面倒なのだけれど、王都のあそこなら貴族の推薦さえあれば平民でも受け入れてくれるはずだわ」

「ほっ、本当ですか、ネティア枢機卿！」

望みを口にはしてみたものの、まさか本当に通るとは思っていなかった。

「ええ、学院長のフェルゼンは私の顔見知りだから、手紙を出しておいてあげるわ。ただ、万が一にも貴方のことが表沙汰になったらとんでもないことになるから、あまり目立たないようにして頂戴ね」

「はっ、はい！　わかりました」

あまり目立たないようにする、というのは当然のことだろう。

俺の肉体もマナも、禁魔術によって際限なく強化されている。常人の限界を何重にも大きく超えているのだ。

その上で、魔術はアディア王国最強の魔術師でもあるネティア枢機卿より教わった。剣術はネティア枢機卿がアンデッドナイトとして蘇生した、アディア王国の初代騎士長〈剣聖ジークフリート〉より教わった。

　素の力を振るえば、学院がパニックになる。どころか〈幻龍騎士〉の一員であることが明らかになれば、王国中を巻き込んだ大騒動になりかねない。

　無論、そのことはわかっている。適度に抑えてやっていけば問題はないだろう。

「ただ、あそこの学院は、上のクラスだと何かと目立つわ。表の騎士団からも目を掛けられるものね。だから入学試験の結果に拘わらず、一番下のクラスに配属してもらうようにするわ。何かあっても、学院長が適当に誤魔化してくれるでしょう。まあ、貴方は器用だから、そこまでしなくても上手くやるでしょうけれどね」

　一番下のクラスの配属となるそうだが、俺には関係ない。俺は平穏な学院に通い、同世代の者達と普通の青春を送ってみたいのだ。卒業後は姿を晦まし、〈幻龍騎士〉に戻って来ることになる。クラスだの評価だのはどうでもいい。

「ありがとうございます、ネティア枢機卿」

　ネティア枢機卿は俺の様子を見て、くすりと優しげに笑い、頭に手を置いた。

「慣れないことの連続でしょうけれど、上手くおやりなさい、私の子よ。頑張るのよ」

3

俺は騎士学院の入学試験を受けるため、王都レーダンテを訪れていた。

王立レーダンテ騎士学院。それが俺の通うことになった学院の正式な名称だ。寮制であり、俺は三年間この学院で生活することになる。

今の俺は〈幻龍騎士〉の〈名も無き一号《アイン》〉ではない。ただの教会孤児のアインだ。この国では家名があるのは貴族に限るため、家名はない。

貧村の教会で育った子供で、教会の手伝いを行いながら魔物の討伐を引き受けていた。その際に任務で村に訪れた騎士に才能を見込まれ、騎士学院へと推薦された、という設定になっている。試験は結果に拘わらず、学院長が手を加えて自動で通ることになっている。

ただ、一応、俺も試験対策は行ってきた。極端に勉強ができなければ、他の生徒から奇妙に映ってしまう。

高い石の壁の向こうに、大きな建造物群が見える。藍色の尖《とん》がり屋根には時計が設置されていた。まるで城のようでさえあった。

今まで自分とは無関係な世界だと思っていた。しかし、試験が終わり入学すれば、ここでの生活が始まるのだ。心が躍るような気持ちだった。長らく忘れていた感覚だ。

学院の壁沿いに歩いていると、道の先から怒声が聞こえた。

「へぇえ、推薦状ぅ？　それがあるからなんだって？　ええ？」

「む……？」

顔を上げれば、二人の男が少女の行く手を遮っているのが見えた。

「あのさ、王立レーダンテ騎士学院はねぇ……平民のクズが入っていいような学院じゃないんだよ！　君みたいなのがいると、学院や僕の品格まで下がるわけ。いるだけで迷惑だって、わかんないかなあ！」

赤髪の切れ長の目の男が、少女へとそう捲《まく》し立てる。

横にいる太った男はニヤニヤと笑いながら、「カンデラさんの言う通りだ」と、赤髪の言葉に同調している。どうやら赤髪の男の名が、カンデラというらしい。

絡まれているのは、桜色のショートボブをした、小柄な少女だった。カンデラの剣幕に怯えているようだった。

「あ、あの……通してください、お願いします。貴方の考えはわかりましたけど、でも、だからって、試験も受けずに帰るわけにはいかないんです……。お婆ちゃんも、凄く嬉しそうに、送り出してくれて……」

少女は言葉を選びながら、慎重に彼らへとそう口にする。だが、彼らがそれを聞き入れる様子はなかった。

どうやら彼らも入学試験を受けに来たらしい。

俺は周囲を見る。他にも入学試験を受けに来たらしい、俺と同世代であろう、十五歳前後の者達の姿が見える。だが、遠巻きに見ているだけで、皆この騒動には関わらないようにしているようだった。

「はあ……どうやら、僕が優しく諭してあげていたのに、聞き分けのない思い上がりの激しい平民には無駄だったらしい。僕だって手荒な真似はしたくなかったけれど、こうなったら仕方がないなあ。おい、腕を折ってやれ。それで試験を受けられなくなるだろう」

「わかりました、カンデラさん」

太った男が、少女へと接近する。

「ひっ！　や、止めてください！」

さすがに眺めているだけ、というわけにはいかなかった。俺はさっと間に入り、太った男の腕を摑んだ。

「事情は知らないが、随分と一方的な物言いに見えたんでな」

遠巻きに見ていた者達の顔が、ぎょっとしたように歪んでいた。どうやら俺の行いに、随分と驚いているらしい。

……なんだ？　何か、そこまでまずいことをしてしまったのだろうか？

「おい、僕のことを知らないとは、お前も平民か？　それとも、まさか、知っていて突っかかっているのかな？」

カンデラが口端を吊り上げ、俺の顔を覗き込む。

「……確かに、俺は平民だ。それに、お前のことも知らない。貴族事情には疎いもので、勉強不足で申し訳ない」

「なるほどね、お前も平民か。なら、丁度いい。二人纏《まと》めて、試験を受けられない身体にしてやろう」

「す、すいません、この人は見逃してあげてください！　私のせいで巻き込むわけにはいきません。私は、その、大人しく……帰りますから……」

少女がカンデラへと訴える。カンデラはその様子を鼻で笑い、俺へと向き直った。

「僕のことを知らないと言ったな？　教えてやろう、僕はカンデラ・カマーセン。カマーセン侯爵家の人間だ。僕の家は、代々多くの優秀な騎士を輩出していてねえ。我慢できないんだよ、お前みたいな平民が、騎士の世界に入り込んでくるのがさあ」

カンデラが俺へと顔を近づける。

確かに、表の騎士団は大半が貴族家の者だと聞いたことがある。騎士学院自体も貴族の者が多いのだろう。

「は、僕の家名を聞いて、ビビっちゃったかい？　黙って通り過ぎていればこのまま試験を受けられたのに、格好つけちゃったせいで僕に見つかって、人生台無しになっちゃってねえ。ま……お前みたいな平民なんて、どっちにせよ入学できやしないだろうし、したところで僕が学院に圧力を掛けて追い出してやるけどね」

俺が思案して沈黙していたのを怯えていると捉えたらしく、カンデラは意気揚々とそう畳み掛けてくる。

ただ、カマーセン侯爵家が、王家を傀儡《かいらい》にして教会上層部を仕切って好き勝手しているネティア枢機卿より権力があるとは思えない。あの人は案外短気で身勝手なところがある。余計なことをすると、侯爵家の方がなくなると思うが……。

「その子も推薦状があるんだろう？　学院が入学の第一資格を認めたんだ。お前にそれを好き嫌いで弾く権限はない」

「はあ……何もわかっていない平民が、知ったようなことを。いいかい？　騎士っていうのは、家柄が全てなのさ！　力の源であるマナの性質や総量は、血筋に依存する。剣術や魔術、魔技だって、お前らは我流でやってきただけだろう？　僕ら貴族は、違うんだよ。騎士になるべくして生まれ、鍛錬を積んできた。特にここ、王立レーダンテ騎士学院は、騎士の中の騎士を育てる超一流の名門校なんだよ。しゃしゃり出るなよ、ゴミが。僕らの格調が台無しになって、迷惑なのがわかんないかなぁ」

「……言いたいことはわかったが、それを判断するための試験だろう？　学院の方針に不満があるのならば、その子や俺にではなく、学院側に言えばいい。個人個人にも事情はある。平民にも才や実戦経験に恵まれた者もいるだろうし、貴族の出であって騎士を志している者にも、怠慢によってお前の口にした優位性を活かせていない者もいるだろう。あまり公にできない事情がある者もいるのではないか？」

結局は個人次第の話である。生まれを最も重視する、というのも一つの考え方ではあるだろう。だが、王国内には最初から貴族のみしか受け付けない学院だって存在する……というより、そちらの方がずっと主流なのだ。平民が嫌いだというのならば、最初からここではなく、そちらへ通えばいいだけであるはずだ。

事前に調べたところでは、王立レーダンテ騎士学院は、家柄を重視していない稀少な騎士学院であるという話であった。徹底した実力主義を謳《うた》っているところなのだ。

そもそもネティア枢機卿がこの王立レーダンテ騎士学院を選んだのは、平民でも入学することができる珍しい学院であったためだ。俺の身分を偽るに当たって、貴族家の人間を装うというのは、不可能ではないにせよあまりにリスクの大きいことであった。

「わかってないねぇ……はぁ。試験や学院に任せるまでもないんだよ。長々話をしていても仕方ないか。あのね、お前ら二人には入学試験を受ける権利はないんだよ。だって、カマーセン侯爵家の子息であるこの僕が、今ここでそう決めたんだからねぇ。僕が優しく口で教えてやったのに、平民のクズが突っかかってきちゃったから、身体に教えてやるしかないかな。圧倒的な、覆しようのない力の差という奴を」

カンデラはそう言うと、呼吸を整える。カンデラの身体にマナが巡るのがわかった。

人間の根源的な魂の力、生命力そのものともいわれる、マナ。マナは魔術を行使する際に必要なエネルギーでもある。そしてマナを身体に巡らせれば、身体能力を何倍にも引き上げることができる。

また、単純に膂力を引き上げるだけではなく、身体を硬質化させたり、治癒力を高めたりすることもできる。マナを用いて自身の身体に特異現象を引き起こす術は、魔技と呼ばれている。

「おいデップ、離れてろ。この生意気な平民を、僕が躾けてやる」

カンデラの言葉に、太った男が慌てて俺から離れた。あちらの彼は、デップという名前だったらしい。

「〈魔循《まじゅん》〉まで使うのか……」

俺は呆れてそう零した。〈魔循〉はマナによる身体能力強化のことを示す。

「そこまでする必要がどこにある？　お前も試験前に怪我をしたくはないだろう」

「アハハ、面白いことを言うねぇ、お前。不思議と腹は立たないかな。だって、その生意気面で泣きながらこの僕に許しを乞うところが、楽しみで楽しみで仕方ないからね」

カンデラは口許を歪ませる。その瞬間、カンデラの纏うマナの流れが変わった。

この感じ……〈軽魔《けいま》〉か。

魔技は単純な身体能力の向上だけではない。〈軽魔〉は、マナを巡らせることによって、己の体重を軽くする魔技である。

〈軽魔〉を用いて自身の体重を軽くしながら、地面を弾くように蹴って移動することで、高速の歩術となる。また、練度によっては壁を歩いたり、布を用いて滑空したりすることも可能だ。ただし、使用している間は打撃に威力が乗らないので、戦闘中に使う際には細かく切り替えることが重要になる。

〈軽魔〉はその汎用性の高さから、魔技の中でも基礎中の基礎だといえる。

カンデラが背を屈めながら俺の脇へと飛び込んでくる。

横を抜けて後ろを取るつもりか？　俺はカンデラの動きを読み、背後へ跳んだ。

カンデラは俺の目前で大きく身体を翻らせたかと思えば、俺に向けて背を突き出しながら身体を伸ばした。

む……？　この男、何をしているんだ？

俺は狐につままれたような心持ちで、カンデラが無防備に晒している、隙だらけの背中を眺めていた。

「どうだい？　魔技には、こんな使い方もあるのさ。平民は知らなかっただろうけどね。……って、何をされたかもわからないか。どうだい、あれだけ粋がっていたのに、あっさりと背を取られちゃった気持ちは？　騎士を志す者として失格だねえ、戦地なら死んでいたよ。僕って意外と優しいだろう？　んん？」

カンデラは俺に背を向けたまま得意げにそう語った後に、表情を歪ませて組んでいた腕を解き、周囲へと目を走らせる。

……まさか、俺を捜しているのか？

「……何をやっているんだ、お前？」

俺はカンデラの背へと手を伸ばし、ぽんと肩を叩いた。カンデラは大きく肩を震わせ、素早く俺を振り返った。

「う、うわあああ！」

カンデラは俺の腕を振り解き、素早く俺に向き直った。

「今、な、何が……。カンデラさんが消えたと思ったら、カンデラさんが突然あいつに背を向けて現れた……？」

デップが呆然と口にする。カンデラはそれを聞いて、眉間に皺を寄せた。

「もしかしてお前……その〈軽魔〉、まだ細かい制御ができないんじゃないのか？　動体視力も追い付いていなかったから、俺が移動していたのにも気が付かず、俺の前で振り返る形になったんじゃないのか？」

カンデラが顔を赤くして、ワナワナと震える。

「いや……すまない、そんな間抜けなことはいくらなんでもしないか」

俺が一人でそう頷くと、カンデラは一層怒りで顔を歪ませ、腰の剣を抜いた。関わるまいと静観していた周囲からも、悲鳴が上がった。

「まっ、間抜けだと！　へっ、平民如きが、この僕を馬鹿にしたな！　ただで済むとは思っちゃいないだろうねえ！」

……どうやら本当にそうだったらしい。

カンデラが正面から飛び掛かってきた。俺は紙一重で刃を躱《かわ》す。

カンデラの刃は、地面に先端がめり込んでいた。カンデラはすぐに剣を振り上げ、返す刃で再び俺を狙う。俺はそれも身体を曲げて躱した。

「その意図はなかったのだが、結果的に貶めた形になったことは謝ろう。だが、学院前で剣を振り回して、お前もただで済むとは思っていないだろう」

「黙れ黙れ黙れっ！　僕は、カマーセン侯爵家の子息だぞ！　生意気な平民のゴミを粛正して何が悪い！」

カンデラは俺の脇を抜け、背後へと回ろうとした。俺はぴったりとカンデラの動きに合わせて後ろへ跳び、彼の正面へと移動し続けた。

そのままカンデラが剣を振るう、俺が避ける、が繰り返された。

しかし、〈魔循〉を使ってこれなのか……？

俺が剣を抜かないので、脅しを掛けてきているのだろうか。いや、それにしては随分と必死に見える。

いきなり面倒な男に絡まれたものだ。あまり目立つなとは、ネティア枢機卿からも言われていたのだが……。

「はあ、はあ、なるほど、多少はやるらしい……。だが、いい気になるなよ……！　僕は、マナの持久力では、カマーセン侯爵家の中でも優れた才覚を持っていると言われてきた。このまま戦いを続けていれば、マナが先に切れるのはお前の方だ。そのまま舐めた態度を続けているなら、お前が先にマナ切れに……」

「ん？」

俺はカンデラの言葉に首を傾げた。こいつは、何を言っているんだ……？

「何がおかしい！」

「カンデラ……俺は、魔技も〈魔循〉も一切使っていないぞ」

ただの素の身体能力である。カンデラの動きは単調であり、初動さえ見ればどう動くかは簡単に判断できる。彼の攻撃を捌くのに速さはいらない。

カンデラの〈魔循〉による身体能力の向上はそれほどではない上に、カンデラの剣技は自身の速度に追い付いていないため、単調にならざるを得ないのだろう。〈魔循〉などわざわざ使う必要がない。

「この僕を、どこまで虚仮《こけ》にするつもりだ！　舐めやがって……いいだろう！　僕の本気を見せてやる！」

カンデラは俺から距離を取ると、地面を蹴って俺の周囲を、〈軽魔〉で飛び回るように移動し始めた。

……この程度の〈軽魔〉で、俺の目を振り切れるとでも思っているのか？

他の生徒と、特に貴族との間に余計な因縁を作りたくないので穏便に済ませたかったが、カンデラは口で説得してもどうにもなりそうにない。延々戦っていれば、それこそ変に目立って仕方がない。適当に振り切るか。

「避けれるものなら避けてみろ！　〈九狐円閃《きゅうこえんせん》〉！」

カンデラは地面を蹴り、一気に俺へと距離を詰める。

〈軽魔〉で敵の周囲を動き回り、そのまま〈軽魔〉を用いて速攻の刺突を放つ技なのだろう。マナの無駄としか思えないが、普通にやって勝てない相手に一か八かで仕掛けるには悪くないかもしれない。だが、肝心の〈軽魔〉がお粗末過ぎる。

俺は一歩前に出て、カンデラの顎を蹴り上げた。

「ぶっ！」

カンデラの手から剣が落ちる。彼の身体は十メートル以上飛んでいき、地面に激しく身体を打ち付け、そのまま転がっていった。悲鳴とどよめきが上がった。

カンデラが〈軽魔〉を解除する直前に蹴り上げてやったのだ。力は入れていないが、そのお陰でよく飛んだ。

「カ、カカ、カンデラさん！」

デップがおたおたと飛んでいったカンデラを追い掛ける。

カンデラに元々絡まれていた少女は、唖然とした表情でそれを眺めていた。

「今の間にとっとと行こう」

「た、助けてくださってありがとうございます。ですが、その、大丈夫でしょうか、あの人……死んだんじゃ……」

俺が声を掛けると、少女は不安げに答える。

「〈軽魔〉のせいで身体が軽くなっていたから、大袈裟に飛んだんだ。軽く蹴っただけだ。向こうは〈魔循〉も使っていたんだから、そう簡単に死にはしない」

遠くで、カンデラがデップに身体を支えられながら上半身を起こし、俺へと人差し指の先端を突き付けていた。

「お前……この僕を敵に回して、この学院で生きていけると思うなよ！　顔は覚えたからな！　今回の試験にはねえ、現役の騎士である僕の兄さんが試験官として招かれてるんだ！　教師達に顔だって利く！　ただで済むとは思わないことだ！」

「ほ、本当に生きてた！　しかも結構元気！」

少女がカンデラを振り返り、怯えたようにそう口にする。

「思ったより頑丈だな」

「な、なんで感心してるんですか!?　ど、どうしましょう、あの人……今後も貴方に何か、嫌がらせするつもりかもしれませんよ？」

少女は脅えたように口にする。

しかし、大して気に留める必要はないだろう。俺は今まで〈幻龍騎士〉の一人として、数々の悪辣な魔剣士や魔術士とそれなりに戦ってきたつもりだ。彼らに比べれば、カンデラなど可愛いものだ。

どうしても邪魔になるというのならば、俺も手段を選ばずに排除させてもらう。それだけのことだ。

俺は学院での生活に、これまでの人生では得られなかったものを期待している。俺はこの学院で平穏な青春を過ごす。その邪魔をする者は全力で取り除くつもりだ。

4

入学試験は三つに分かれており、筆記試験、魔術試験、剣術試験の順に行われる。合計三百点で点数を出し、上位八十名を入学させることになっている、とのことだった。

まず筆記試験のため、大ホールへと移動させられた。開始まで時間があるためか、まばらに私語が聞こえる。

「五百人以上はいるな。こんなにいたのか……」

席について、俺は独り言を漏らした。

ざっと見る限り、倍率は六倍以上だ。

自動的に下位の成績で入れるよう話がついているとのことだったが、しっかりと準備を積んできてよかった。俺は必死に努力してきた志望者を蹴落とし、他力で入学するのだ。一切準備せずに口利き頼りで入学すれば、きっと後悔していたことだろう。

青春を共にする学友達とはなるべく対等な関係でありたい。本当の結果は学院関係者しかわからないだろうが、それでも試験でしっかりと合格ラインの成績を収められていたという確信を持って入学したかった。

「倍率はさほど関係ありません。毎年ここは騎士の名門の上位貴族の子息がこぞって受けに来て枠を埋めることで有名なので、そもそも駄目元で受けに来るような方はあまりいないんです。倍率だけならばもっと高い騎士学院もあるでしょうが、間違いなくここが王国内最大の難関騎士学院ですよ」

ふと聞こえた声に、隣へ目を向けた。

切り揃えられた桃色の髪が僅かに揺れる。ぱっちりと開いた琥珀色の目が俺を見ていた。

カンデラに絡まれていた少女だ。あの場から逃れようと一緒に走り、そのまま人混みに押されるようにこのホールへと移動していたのだ。慌ただしかったこともあり、その間特に会話はなかったのだが。

俺はすぐ前へと向き直った。

「ど、どうして無視をするんですかっ！　わっ、私、タイミング見計らって、頑張って声掛けたのに！」

「ああ、悪い、俺に声を掛けていたのか？　だが、何故だ？　そんなに俺の言葉が気に掛かったのか？」

「変わった人ですね……。そんな、理由が必要ですか？」

む……おかしなことを口走ってしまっただろうか。

俺は基本的に〈幻龍騎士〉の仲間や、ネティア枢機卿としか話したことがない。外部との必要以上の接触は好ましくないと、これまではネティア枢機卿にそう教わってきた。少し感覚にズレがあるかもしれない。

「えっと、まだ、先程助けていただいたお礼も言っていませんでしたし……何よりこの学院で一緒になるかもしれないお友達ですから！　……ほら、ここ、知らない人ばかりで、おまけに貴族の方ばっかりですから」

彼女はそう言って周囲を見回し、ぺろりと舌を出した。

「友達……？」

「あ、ちょっと失礼でしたか？　すいません、馴れ馴れしかったですね」

「いや、嬉しい。友人と呼べる存在はこれまで一人としていなかった」

俺は淡々と言いながらも、内心興奮していた。まだ入学さえしていないというのに、騎士学院三年間の最大の目標を達成してしまったかもしれない。

「え……ひ、一人も、お友達がいなかったんですか？　えっと、意外と言いますか……な、なんだかその、ごめんなさい」

「む、何故謝る？」

一応〈幻影騎士〉の他の三人は友と呼べるのかもしれないが、戦友や家族という言葉の方がしっくりと来る。

「私はルルリアと申します！　改めてさっきのお礼を言わせてください！」

「俺はアインだ。よろしく頼む」

自己紹介をし合った後に、ルルリアが暗い顔で俯いた。

「でも……私、あまり自信がないんです。剣ってさっぱりなんですよ。これまで、滅多に触る機会さえありませんでした。推薦してくださった領主様のご厚意で訓練をつけていただいてはいたのですが、ほとんど付け焼刃ですし……。アインさんとあのカンデラが戦っていた時も、どっちの動きも全く見えませんでした……」

ルルリアは自信なさげにそんなことを口にする。肩を竦めて小さく溜め息を吐いてから、言葉を続ける。

「アインさんはきっと入学できるでしょうが、私は駄目かもしれませんね……。えへへ、魔術の才能を見込んで推薦してもらえたのですが、正直、剣術の鍛錬が間に合った気がしないんです。今更断れないので、一応受けには来たのですが……。こんな名門じゃなくて、他の学院でも平民を受け入れてくれればよかったんですがね」

「ル、ルルリアは入れないかもしれないのか……？　そんな……」

思わず口に出してしまったが、確かにそういうものなのかもしれない。今ここにいる大半は試験の篩《ふるい》に掛けられて消えるのだ。

せっかくできた初の友達だったというのに……。

「そ、そこまで会ったばかりの私なんかのために、ショックを受けなくても……！　ちょっ、ちょっと、涙が滲んでいるじゃないですか！　わかりました！　頑張ります！　私、頑張りますから！」

試験官の教師が前に立つと、ぽつぽつと聞こえていた私語が静かになった。俺とルルリアも会話を止めて前を向いた。

教師の簡単な口頭説明が行われた後に、試験用紙が配られた。問題用紙と解答用紙の二枚があり、問題用紙には細かくびっしりと文章が記されていた。

第一試験の筆記試験の内容は、魔術理論、錬金学、史学、騎士の基礎教練、軍事学の五つに分かれている。

俺は筆記試験対策の勉強こそ数日の詰め込みではあるが、騎士学院というだけはあり〈幻龍騎士〉での活動に馴染みのあるものが大半であった。

また、俺は幼小の頃にネティア枢機卿より記憶術の鍛錬を受けたことがある。戦争に偵察として動員された際に少しでも多くの情報を持ち帰るためのものであったが、それは今回の筆記試験対策でも大いに役に立ってくれた。

試験内容より、ネティア枢機卿よりいただいた分厚い〈アイン向け世俗見聞集〉を読み込む方が大変だったくらいである。試験内容の勉学は記号的に覚えれば済むことが多いが、こちらは意図したニュアンスを完全に摑むことが困難な文章が多かったためだ。

筆記試験が終わってから、第二試験のために移動することになった。

「筆記試験でリードを作ろうと、詰め込んできた甲斐がありました……！　八割は、きっと取れていたはずです。座学は勉強すればするだけ、きっちりと自分の実力になってくれますからね。ここ半年、寝る間を惜しんで勉強してきました。私にはきっと、剣術の才能はないんだと思います。だから、一番努力でどうにかできる座学で踏ん張らないと……！」

ルルリアは移動しながらも、食い入るように手にした問題用紙を睨んでいた。自信のあった問題の数を数えているようだ。

ルルリアは領主に魔術の才能を見込まれた、と言っていた。剣は苦手だと口にしていたが、魔術には自信があるのだろう。

入学試験は筆記試験、魔術試験、そして剣術試験の三つに分かれており、これらの合計によって合否が判断される。魔術と剣術、どちらかが主流の者が多いのだろう。〈幻龍騎士〉にも、全く魔術の使えない人間と、全く剣術のできない人間が一人ずつ存在する。

俺も魔術は一応使える程度であって、あまり得意であるとはいえない。ルルリアのように、得意分野でリードを作って苦手分野の埋め合わせをしようと考えている者は多いはずだ。

「アインさんはどうでしたか！」

「筆記で手を抜きたくはなかったので、ここ数日で必死に覚え込んできた。知らない問題は出てはこなかったし、落とした問題はない」

自分で書いた答えや問題文も全て覚えているため、自信を持って言える。ひとまず筆記試験では満点を取れていたはずだ。

「す、数日……」

ルルリアはがっくりと肩を落とす。

「どうした？」

「……やっぱり座学も、才能があるのかもしれませんね」

5

第二試験は魔術試験である。

八メートル離れた先の的に三回魔術を放つ。当たったかどうかだけではなく、試験官が目視で威力や速度から発動者のマナの出力量を測る。要するに魔術の練度や制御、マナの出力量が試されるのだ。

やや髪の長い、だらしなさそうな印象の男が試験官だった。淡々と受験者に指示を出し、メモを取っている。

「ここで頑張らなきゃです……」

ルルリアはバンバンと自分の顔を叩いていた。

「何をしているんだ？」

「気合を入れているんですよ、気合を」

「なるほど？」

あまりよくわからなかったが、俺もやってみた。パチパチと自分の顔を叩く。

「入りましたか、気合？」

これも世俗の文化なのだろうか。

「すまないがまだ習得できそうにない。練習しておこう」

「いえ、そういうものじゃないので……」

ルルリアが困ったように口にする。

「私、実は火と水の二重属性《デュアル》なんです。しっかりここでアピールして、ちょっとでも点数を稼がないと……」

「二重属性《デュアル》？」

俺が訊くと、ルルリアが頷いた。

「はい、魔術属性を二つ持ってるんです」

魔術属性というのは、要するにその者の扱える魔術の系統のことである。魔術には属性ごとに八つの系統があり、無属性、火属性、水属性、土属性、風属性、雷属性、光属性、闇属性に分かれている。大抵の人間は、誰でも扱える無属性魔術に加えて、自分の有する一つの魔術属性の魔術しか扱うことができないのだ。

「二重属性《デュアル》は高位貴族の中にもほとんどいない、特異体質なんだそうです。私も、私以外には会ったことがありません。なので、アインさんが聞いたことがなくてもおかしくはありませんよ。一説によれば、伝説の大魔導士クロウリーは四重属性《カルテット》だったそうです。ちょっと信じられないですよね」

「いや、それは知ってるんだが……」

「あ、すいません……。何だかその、変に自慢してるみたいになっちゃいましたね」

ルルリアが慌ててふためきながら釈明する。

……俺が相手取ってきた敵は三重属性《トリプル》くらいだと珍しくなかったのだが、黙っておいた方がいいだろう。

更に言えば〈幻龍騎士〉には七重属性《パーフェクト》がいたのだが、これも言っても信じてもらえそうにはない。

「魔術はまともに使えないんだ。あまり極端なヘマはしたくないんだが……」

「アインさんにも苦手なものはあるんですね。ちょっと意外です」

　俺の身体はネティア枢機卿の手によって錬金術や呪術で弄られており、特にマナの出力を大幅に引き上げられている。その影響は〈魔循〉を筆頭としたマナを用いての身体能力の強化には役立っているが、魔術を行使する際にはどうしてもマナが乱れてしまうのだ。そもそも魔術頼みの戦いをする機会もなかったのでこれまでは大して気にも留めていなかったのだが、今回ばかりはそうもいかない。

　俺の前はルルリアだった。

「次はそこの、桃色髪の嬢ちゃんだな。悪いが平民は厳しめに点数を付けるように言われてるから、しっかり気張れよ」

「おいトーマス！」

　試験官の男が小馬鹿にしたように笑いながら言い、別の試験官から睨まれていた。トーマスというのが、俺達の担当試験官らしい。

「なんだよ、文句があるのか？　取り繕うより、最初から教えてやった方が優しいだろ？　さて、〈ゴーレム〉……と」

　試験場に魔法陣が展開され、人間大の土人形が姿を現した。〈ゴーレム〉は土人形を生み出す、中級魔術《ランク3》だ。どうやら魔術試験は、試験官の生み出したゴーレムを的にして行うらしい。

「下級魔術《ランク2》〈ファイアスフィア〉！」

ルルリアがゴーレムへ手のひらを向ける。放たれた炎球はゴーレムの頭部へと当たっていた。ゴーレムの顔が焦げて、剝がれていた。

「ほう、正確さも速さも威力もなかなかだ。いいぞ、二発目を撃て」

トーマスは目を瞬かせ、意外そうに口にする。

「下級魔術《ランク2》〈ウォーターガン〉！」

ルルリアの放った水の直線が、ゴーレムの顔面から腹部のあたりへと放射された。ゴーレムの顔から腹部に掛けて、水の放射によって深い溝ができていた。

「入学前から大した制御力……いや、それより、二重属性《デュアル》とは。見縊《みくび》っていたらしい」

トーマスの様子を見て、ルルリアはほっと息を漏らしていた。

ルルリアは三発目の魔術に〈ファイアアロー〉という、炎の矢を射出する魔術を使っていた。打撃力より貫通力に特化した魔術だ。敢えて別の魔術にしたのは、広い魔術の練度を高めているアピールだったのだろう。トーマスにも好感触の様子だった。

なるほど、ああいう感じでいけばいいのか……。

「ちょっと緊張しましたが、どうにかミスを出さずにできました……。アインさんも、頑張ってください！」

ルルリアが笑みを浮かべながら戻ってきた。

「おい、次、お前だ。早く来い、さっさと進めたいんだ」

俺はトーマスに番号票を見せ、ゴーレムへ魔術を撃つ所定の位置へと移動した。

魔術制御は苦手なのだが、やるしかない。遠距離でも魔技で事足りるため、これまでさほど鍛錬を積んでこなかったのだ。

俺はぺちんと頬を叩いて気合とやらを入れてから、また造り直された新しいゴーレムへと目を向けた。

「下級魔術《ランク2》〈ダークボール〉！」

魔法陣を展開させ、黒い光の塊を生じさせる。

俺が扱えるのは闇属性魔術のみである。ネティア枢機卿曰く、元々の適合属性は火属性だったらしいが、その頃の記憶は俺にはない。物心ついた頃には、身体に施された魔術の影響でこうなっていた。

トーマスは眠そうな目で俺を見ていたが、俺の手許の魔弾が膨張するに連れ、段々と目を大きく見開いていった。

「おい、お前！　それ止めろ……！」

ゴーレムへと撃ち出したつもりだったが、魔弾はほぼ斜め下方に向かい、かなり手前の地面へと着弾した。轟音と共に黒い爆風が巻き起こり、地面が大きく抉《えぐ》れた。何事かと、周囲が一斉に俺を見た。

「な、なんだ、今の馬鹿げた威力は……」

トーマスの手から、メモが落ちた。

い、一撃目は盛大に外してしまった。当たり前だが、ゴーレムは無傷でケロッとしている。二発目でどうにかするしかない。

やはり制御は無理だ。ゴーレムに当てるのではなく、範囲魔術にゴーレムを巻き込むつもりで行った方がよさそうだ。

学友に後ろめたさを感じていたくはないため、試験ではしっかり合格ラインで入りたかった。だが、魔術試験で三回外して終われば、合否が怪しいラインでさえなくなる。あからさまに不合格だったはずだと周囲から疑われかねない。

俺は目を瞑り、息とマナを整える。

さっきので下級魔術《ランク2》の〈ダークボール〉では駄目だと気が付いた。俺の魔術制御能力では、とてもあのゴーレムにぶつけることはできない。

もっと規模の大きい、多少外れてもゴーレムを吹っ飛ばしてくれるような魔術が必要だ。一応俺も、ネティア枢機卿から直々に魔術を教わったことがある身だ。もっと上のランクの魔術も使うことができる。

ただ、発動までに時間が掛かる上に安定しないので実戦向きではない上、威力がセーブできないので悪目立ちしかねないが、背に腹は代えられない。

トーマスは茫然と〈ダークボール〉によって抉れた地面を眺めていたのだが、慌てて俺へと向き直った。

「お、おい、お前、何をやる気だ！　一旦止めろ！」

「特級魔術《ランクS》〈アビスブレイク〉！」

前方に大きな魔法陣を展開した。魔法陣が段々と漆黒の光に覆われていき、大爆発を引き起こした。

試験会場が激しく振動し、悲鳴が飛び交った。土煙が晴れた後、ぽっかりと半球状に抉れた地面が露《あらわ》になった。

……だが、肝心の標的であったゴーレムには、俺の魔術は僅かに到達していなかった。胴体部分の体表を僅かに爆発が掠めていたらしく削れて平らになっていたが、それくらいである。もしもあともう少し〈アビスブレイク〉が奥側であれば、ゴーレムは抉れた地面のついでに消し飛んでいたはずなのだが。

……二回連続で失敗してしまった。この時点で既に評価は低いだろうが、三発目で多少なりとも挽回しなければならない。

不必要に高威力魔術を放って悪目立ちしたため、近くで試験を受けていた者達にも外したのが露呈してしまった。

トーマスは口を開けて茫然と地面に空いた穴を見つめていたが、俺が次の〈アビスブレイク〉のために息を整え始めると、真っ蒼になって駆け寄ってきた。

「止めろ！　これ以上、試験会場を壊すつもりか！」

「試験のルールでは後一発撃てるはずだ。先の二発を見て、これ以上は無意味だと断じる気持ちはわかる。だが、次こそはあのゴーレムを消し飛ばす」

「頼むから止めろ！　これ以上は試験どころじゃなくなる！」

「どうか機会をいただけないか。俺は不合格点を取るわけにはいかない」

「点数なら満点くれてやる！　終わりだ、終わり！　おい、土魔術を使える教師を急ぎで呼んでくれ！　爆破された会場の修繕を行いたい！　時間が掛かるから、並んでた奴は一旦別の会場で受けろ！」

トーマスは俺から顔を逸らし、魔術の轟音を聞いて駆けつけてきた教師へと指示を出す。俺はトーマスの手を摑む。

「話を聞いていただきたい。俺は正規の方法で合格点を得たいのだ。そんな投げやりな扱いを受けては納得ができない。明確な理由があるのならば納得して引き下がるが、試験のルールでは三発撃てるということになっていたはずだ。学院生活を共にする友人達とはなるべく対等な関係でありたいのだ」

「こ、これだけやっといてお前……もう色々、そういう次元じゃないだろうが！」

トーマスは顔を青くして叫ぶ。

「あ、あはは……魔術試験……魔術試験は、自信、あったのに……」

俺の後方で、ルルリアががっくりと肩を落としていた。

6

第三試験は剣術試験である。

現役の騎士を招き、真剣を用いた立ち合いを行う。この試験の中では魔術の行使は認められていない。純粋に剣の技量を見る試験なのだ。

俺とルルリアは共に訓練場へと移動した。

俺達を担当してくれる騎士は、赤髪の長髪の男であった。背が高く、身体もがっしりしている。

騎士の正装を身に纏っていた。

「騎士の中には、血統主義で、平民が騎士を志すこと自体を忌避している人も多いんです。試験もあまり公平に行ってもらえないかもしれないと……そう噂で耳にしました。ですけど、この人なら大丈夫です！」

ルルリアが自信満々に断言する。

「知っている騎士なのか？」

「いえ！　ですが見てください、あの優しげな目を！」

長髪の騎士は、切れ長の目をしていた。確かに優しそうに見えなくもないが……それは、明確な根拠と言えるのだろうか？

しかし、なんだろう、あの顔、どこかで見覚えがある気がする……？

「何はともあれ、第三試験はあの男を倒せばいいんだな」

「……あの、一応言っておきますが、勝つことを前提とはされていませんからね？　現役騎士が本気になったら、私達なんかじゃまともに太刀打ちできませんよ。向こうも手を抜いて、打ち合いが成立するようにしてくれるんです。その上で、剣の技量を評価してくださるんです。ほら、あんな感じに……」

長髪の騎士が、他の受験生と打ち合っていた。両者共に〈魔循〉を使っている。

「どうした？　防戦一方になっているぞ」

長髪の騎士は戦いながら、相手に細かく助言を出している。指摘された部分をカバーできるかどうかも点数の判断対象になるのだろう。

受験生は終わってから汗だくになり、立つのがやっとという様子だった。だが、長髪の騎士は汗一つ掻いていない。

「いい剣筋だった。君はきっと入学できるだろうね」

「は、はい、ありがとうございます……」

受験生はお礼を口にし、よろめきながら移動する。

「凄い……！　あの方……まだ入学前だというのに、〈魔循〉を完全に使いこなしていましたね……。アインさんはまた何か違うので例外として、ここまで他の受験生の方もハイレベルだったなんて……」

「俺は別枠なのか……？　しかし、今の奴と比較しても、カンデラの方が技量自体は上だったように思う」

「カマーセン侯爵家といえば、騎士の名門ですから……。カンデラは性格こそアレでしたが、剣の技量自体は本物だったはずです。性格こそアレでしたが。あっさり蹴飛ばしたアインさんがおかしいんですよ？」

ルルリアは性格こそアレを二回言った。カンデラに因縁を付けられていたときには下手に出ていたが、やはりかなり頭に来ていたらしい。

「でも、カンデラはアインさんにボコボコにされて大怪我してましたから！　きっと今は試験を受けるどころじゃないはずですよ。ざまあ見ろです！」

ルルリアはしゅっしゅっと、宙を殴る動作を見せる。

「誰の性格がアレだって？」

「それはあの、馬鹿貴族ですよ！」

ルルリアは後ろから聞こえた声に振り返り、顔を真っ蒼にした。

俺達の後ろには、顔中が包帯塗れのカンデラが立っていた。一人では立つこともできない状態らしく、左肩をデップに支えられている。

「クク、カマーセン侯爵家の人間がこの学院に入れないなんて、あってはならないことだからねえ。身体を引き摺ってだって出てくるというものさ」

カンデラは俺を睨みながらそう口にした。眉間にはくっきりと青筋が浮かんでいる。俺達を見て、内心穏やかではない様子だ。しかし、ここで再び騒ぎを起こすつもりはさすがにないらしいと見える。

「そんな身体で、まともに試験を受けられるか？」

「フフ、筆記試験も魔術試験も、身体状態には大きく左右されなかったからね。そもそも、教師も騎士も、僕の家とは関係のある者ばかりなんだよ。知らないのかな？　個々の試験官の私見に任せることになる魔術試験や剣術試験だけじゃなく、筆記試験の点数にも忖度が入るんだよ。採点に露骨な誤りや調整が入るのは、どこの学院も同じなのさ。ここだって例外じゃない。ちょっとくらいマイナスがあったって、僕は痛くも痒くもない」

ルルリアは貴族への優遇について気にしすぎなのではないかと思っていたが、どうやらかなり大々的に行われていたようだ。カンデラも俺達に対して、家柄を盾に不当な優遇を受けようとしていることを隠す様子もなかった。

ここ王立レーダンテ騎士学院は公平で平民にも入学資格を与える、実力主義の学院であると聞いていた。しかし、結局は度合いの大小の話でしかないのかもしれない。どうしても関係者の大半は貴族になるのだし、学院内政治次第で方針が変わることもあるだろう。

「……死に物狂いで頑張ったって細い道でしかない人が大半なのに、最初から入学が保証されてるなんて」

ルルリアが口惜しそうに零す。貧しい中で必死に努力してきたルルリアにとって、カンデラの言葉はある程度わかっていたこととはいえ、さすがにショックだったのだろう。

「……なんでアインさんも顔を逸らしているんですか？」

「い、いや……なんでもない……」

……俺もネティア枢機卿に口利きしてもらっているので、それが通っていれば入学はほぼ確定しているはずなのだ。そういう面においては、俺は立場上カンデラに対して強く出ることができない。裏取引で不当な優遇を受けることを隠しているという点でいえば、俺とカンデラは同じ状況なのだから。

いや、多少点数に補正が掛かるのと、そもそも結果を無視しての入学が決まっているのとでは、後者の方が悪質性は高いだろう。たかだか侯爵家の無言の圧力と、この国の裏の支配者であるネティア枢機卿の命令では、そもそも強制力が異なる。

「……何をそんなに落ち込んでいるんですか？」

「本当になんでもない……」

考えなしに、ネティア枢機卿の提案を軽々しく受けてしまった。余計な配慮は無用だ、実力で試験に挑みたいと伝えておくべきだったのかもしれない。

ルルリア達の話では、平民はかなり低めの点数を付けられるらしい。俺は魔術試験では二回外して終わっているので、合格ラインに届かないことも充分考えられる。そうなった場合、不当に誰か一人を不合格へと貶めることになってしまう。それはルルリアのような不利な状況で必死に努力してきた人間かもしれないし、彼女自身になるかもしれないのだ。

いや、引き下がれない以上、間違いなく合格ラインに達していると、自分で確信を持てる結果を残すしかない。

魔術試験では失敗だったが、この剣術試験では結果を出さなければならない。幸い、俺達の担当騎士は、ルルリアの折紙付きの優しそうな人だ。平民相手でも公平めの点数を付けてくれる可能性は高い。

「兄さん、このゴミ二人だよ。卑劣な手で僕に大怪我負わせて笑い物にしてくれた、不快な平民っていうのはさ。わからせてやってくれないか？」

カンデラの言葉に、試験官の優しげな目と口が、嗜虐的に歪んだ。

「ほう、それはそれは、私の弟が随分とお世話になったようだねえ」

ルルリアはその言葉を聞いて、顔を引き攣らせた。

俺もこの騎士の顔は、どこかで見たとは思っていた。髪色や顔の雰囲気が、カンデラとほとんど同じなのだ。

「大事な弟の知人らしいから、一応自己紹介しておこうか。私は学院の剣術試験を手伝うために来た、王国騎士のカーズ・カマーセンだ。王家にとっても、毎年優秀な騎士を輩出するこの王立レーダンテ騎士学院は重要だから、こうして我々騎士が視察を兼ねて訪れるんだよ。私はここの卒業生でもあるからねえ」

試験官の騎士……カーズは、慇懃な笑みを浮かべて俺へと顔を近づけた。

「大事な試験前にウチの弟に大怪我を負わせてくれた件もあるが、私は元々、神聖な騎士学院に平民の溝鼠《どぶねずみ》が入ること自体に反対なんだ。覚悟しろよ、雑魚が。二度と剣を握ろうなんて、思い上がった考えができない身体にしてやる」

他の人間に聞かれることを嫌ったのだろう。カーズは俺の耳元で、小声でそう口にし、舌舐めずりをした。

なるほど、びっくりするくらいルルリアの勘は外れたらしい。

「は、わかったかい？　これが僕とお前の差というわけだよ。僕はこんな身体でも、剣術試験で満点に近い高得点を取るのは難しくないってことさ！　それに引き換え、お前達はどう足掻こうと、ここで終わるんだよ。馬鹿が、平民の分際で、この僕相手に楯突いた罰だ」

カンデラが俺の背後で大声で笑う。

……なるほど、試験官が実の兄であるため、点数なんてどうとでもなるということか。形式上、試験の点数の基準は、試験官の判断に全て任せられる。

受験者が実の兄に審査を受けるのは避けさせるべきだと思うが、こういったことを学院は黙認しているのだろう。散々実力主義だと聞いていたのだが、蓋を開ければこういった行為が横行しているとは。俺はともかく、ルルリアのような人間が可哀想だ。

「そっちの女の子から来なさい。たっぷり可愛がってあげよう」

カーズが含み笑いを浮かべながらそう言った。

ルルリアはびくりと身体を震わせたが、口をきゅっと引き結び、前へと出ようとした。だが、俺は彼女より先に一歩前に出た。

「ア、アインさん！」

「君……何の真似かな？」

カーズが薄目で俺を睨む。

「いや、先に行かせてもらいたい。それだけだ」

「そっちの子がいいなら別に構わないか。さあ、剣を抜くといい」

ルルリアが心配げに俺を見る。俺は彼女を振り返らず、剣を抜きながら前に出た。

弟のカンデラもかなり極端な思想の持ち主だった。カーズもそうであることは、先のやり取りからも明らかだった。

カーズに正当な審査は期待できない。この男にルルリアの最終試験を担当させるわけにはいかない。ここで退場してもらう。

「この試験は打ち合いを想定していてね、寸止めが推奨されている。だが……真剣を用いた、実践形式の試験だ。当然事故というものは付き物だし、多少の怪我では責任を問われることはない。遠慮なく斬り込んできてくれ」

カーズは俺に向かい、口許を歪めて笑った。

明らかにこちらに遠慮なく斬り込ませるための言葉ではなかった。無事では済ませてやらないぞと、俺に脅しを掛けてきている。

カンデラとデップも、ニヤニヤと笑みを浮かべながら俺を眺めていた。

「〈魔循〉は終わったかな？　それとも、まだ使い熟《こな》せないか」

「確認してもらわなくても、必要なときにはすぐに出せる」

「ほう、そりゃ凄い。有望株だ！」

カーズは正面から斬り込んできた。俺は剣で止め、刃の競り合いとなった。そのままカーズは俺に顔を近づけ、小声で言葉を掛けてくる。

「ククク……辞退して逃げ帰れば、身体だけは無事で済んだというのに。お望みのようだから、ゆっくりと弄んで潰してあげるよぉ。どこまで君が競り合いを保てるか、楽しみだ。さあ、どんどん力を上げていくぞ！」

カーズの加えてくる力が大きくなってくる。〈魔循〉で腕にマナを集中させているのだ。俺がどの程度の力を持っているのか、遊び半分で試しに来たようだ。

「おお、凄い凄い、ハハ、頑張るじゃないか。これでも耐えるなんてねえ。じゃあ、ちょっと本気を見せちゃおうかな？」

カーズの力がどんどん重くなる。だが、俺はそのまま支え続けた。

カーズの表情が、苛立ったように歪む。

「……ピクリとも動かない？　何故だ？　どうなっている？」

「そんなものか」

カーズは俺の言葉に、眉間の皺を深める。

「そんなものか？　随分と、図に乗った口の利き方を！　腕の一本で済ませてやろうかと思ったが、止めだ！　思い知らせてやろう。マナを膂力の強化に特化させる魔技、〈剛魔〉でね。これが騎士の力……才能と教育が充分に合わさった者のみに許された力。平民では決して届かない領域だと、身の程を知るがいい！」

カーズの纏うマナの気配が変わった。

カーズの筋肉が微かに膨張して張り、膂力が急激に跳ね上がる。〈魔循〉のマナを、膂力特化に切り替えてきたのだ。

だが、無論、それでも剣は動かない。

カーズは目を見開き、背後へと大きく跳んだ。

「な、なんだ、何か……特殊な魔技か？　なぜだ？　平民以前に、入学もしていないガキ相手に、なぜこの私が力で押し切れない？　私の方に、何か問題があるというのか？　こんなことが起こるわけが……」

「思い知らせてくれるのではなかったのか？　身の程を」

俺の言葉に、カーズが目を吊り上がらせ、青筋を浮かべた。怒りで優し気な仮面が完全に剝がれている。

「いいだろう、教えてやるともさ。〈軽魔〉！」

またカーズの纏うマナの気配が変わった。魔技によって自身の体重を軽くし、速度に特化した剣で攻めてくるつもりだ。

先程の〈剛魔〉を用いた競り合いで、力では俺に敵わないと判断したらしい。その考え自体は正しい。〈剛魔〉は力を引き上げる代わりに、自身の身体を重くして行動を遅くする。力押しできない相手に対しては大きく不利になるだけだ。

カーズは床を蹴り、飛ぶように迫ってくる。

「対応できるものならばしてみせるがいい！」

俺はカーズの剣を刃で防ぎ、彼を背後へ受け流す。

「す、凄い……」

「なんだあの速さ……これが、現役の騎士……！」

受験生達が、カーズの〈軽魔〉を見て息を吞む。

その後も打ち合いを続けていると、別の試験官が走ってきた。俺の第二試験の担当でもあった、教師のトーマスだった。どうやら遠目に様子を見て、何か異様なことが起きているらしいと察知したようだ。

「おい、カーズさんよ、何を熱くなってる！　受験生相手に、そこまで魔技を使う道理がどこにあるんだ！　相手を死なす気か！」

トーマスが叫ぶ。だが、カーズは彼の言葉を無視して、一心不乱に俺へと速度を上げて飛び掛かってくる。

「なぜ、なぜだ……！　これでは、この私が晒し者ではないか！」

俺は寸前のところでギリギリ対応できたかのように装い、刃で防いでいく。カーズは速さを意識するがあまり、動きが乱れつつあった。

〈軽魔〉を剣技に活かすには、細かくマナを切り替える必要がある。マナが〈軽魔〉のままでは、剣に体重が乗らず、軽くなってしまうからだ。打っても相手に弾かれてしまう。その細かい制御の連続が、余計にカーズの集中を乱し、彼から技術を奪っていた。

元々、〈軽魔〉を何度も連続して戦闘に組み込むスタイルは珍しい。相手から逃げたり、戦地を移動したりと、そういった使い方が主である。

素早く相手へ飛び掛かって剣を振るうことができるというメリットは確かに大きい。だが、そのメリットを万全に活かして戦うためにはマナの流れを素早く何度も切り替える必要があるために、結局隙が生じるのだ。そのデメリットがあまりに大きい。

カーズの弟であるカンデラも〈軽魔〉を剣技に活かして戦う型であったため、恐らくこれはカマーセン侯爵家自体の流派なのだろう。この剣の弱点も踏まえた上で、このスタイルを使っているはずだ。

だが、カンデラもカーズも、この戦法に付随する弱点へのケアが十全にできているようにはとても見えなかった。これでは、ただ相手が自身の剣に慣れる前に斬れるかどうか、という初見殺しの剣だ。本人の技量や魔技以前に、この剣技では一定以上の力量を持つ剣士の相手は難しいだろう。慣れれば単調な剣技になってしまう。

「ここだな」

俺はカーズの剣の柄を、自身の剣の柄で弾いた。カーズの手許から剣が離れ、柄が彼の顎を強打した。舌を噛んだらしく、口から血が飛び散った。

「ウブッ……！」

カーズは派手に床の上に倒れる。

「馬鹿な……こんな……何が、何が起きたんだ……？」

俺を見上げ、わなわなと身体を震わせていたが、意識が途切れたらしく、白眼を剥いて動かなくなった。

顎を揺らせば、骨を通じて脳が揺れる。当て方次第では、頭部を狙うより容易く意識を奪うことができる。

止めに入ってきたはずのトーマスは、茫然とカーズを眺めていた。

「お前……何を……」

「いや、俺は何もしていない。ただ、試験官が手を滑らせたように見えたが。倒れたときに、頭を打ったのかもしれない」

「お前は、まさか、この騎士の〈軽魔〉が見えていたのか？」

「我武者羅《がむしゃら》に躱したただけだ。この人も、魔技を見せてくれただけで、本気で俺に剣を振るっていたわけではないんだろう？」

俺はそう白を切った。

あくまで事故を装うため、俺の動きが外部に絶対に見切られないタイミングを待ったのだ。剣の柄をぶつけたところは、互いの腕で死角になっていた。

カーズが本気で剣を振っていたかどうかも、本人の証言次第でしかない。剣を交わしていなかった外部に、断言できるはずもなかった。

トーマスは、俺とカーズへと交互に目をやった。それからカーズの傍で屈み、彼の容態を確認する。

「完全に伸びてるな……。こりゃ、しばらくは起き上がりそうにない。一時中断だ、別の試験官を立てる。受験生は待機していろ」

俺が頷くと、トーマスは苦虫を噛み潰したような表情を浮かべる。

「……お前の評価は、俺が付ける。試験終了だ」

それは困る。俺はただでさえ、第二試験では魔術の制御がまともにできないところを晒して、盛大にしくじっているのだ。それに今の戦いは、なるべく穏便にカーズを退場させるため、俺は防御行動しか行っていない。

第三試験では、カーズを退場させた次の試験官相手にしっかりとアピールを行い、確実に高得点を取ったという確証を持ちたかった。ネティア枢機卿に合格は保証してもらっているが、自力で合格ラインに立っていたという確信がどうしても欲しいのだ。

「最初からは見ていなかったはずだ。打ち合っていた試験官でなければ、正当な採点は下せないのではないのか？　趣旨が変わってしまうはずだ」

「……それは不要だ、下がれ。お前の番号と名前は、第二試験の際に覚えている。受験票を出さなくて結構だ」

……運も悪かった。よりによって、駆けつけてきたのが第二試験の試験官とは。

あの時点で俺に対する心証はよくなかったのだろう。これ以上、俺に時間を割いてくれるつもりはないらしい。

カンデラは蒼白な顔で、慌ててカーズへと駆け寄ってきた。

「ににに、兄さん!?　ちょっ、ちょっと、何してるの!?　僕の試験！　僕の試験はまだ終わってないのに！　他の試験官で受けろっていうの!?　こっ、こんな身体で、まともな剣術試験なんて受けられるわけないじゃないか！」

カンデラは転びそうになり、デップに身体を支えられていた。

「ちょ、ちょっと兄さん、目を覚まして！　成績上位で入学するはずだったのに、剣術試験の点数がロクにもらえなかったら、入学さえ怪しくなるんだけど!?　そんなことがあったら、カマーセン侯爵家の名が……！」

「小僧、下がれ。試験官は変更だ。それから、身内贔屓《びいき》への処罰はここ数年じゃロクに行われちゃいないが……そう堂々と大声で何度も口にされたら、こっちも対応せざるを得なくなるかもしれんぞ？」

「う、ううう……」

カンデラは唸り声を上げながら、床の上へと崩れ落ちた。

トーマスはカーズの肩を担ぎ、訓練場を出ていった。

7

入学試験より数日後、俺は再び王立レーダンテ騎士学院を訪れていた。今日、試験の合否の発表が行われるのだ。

学院の壁に設置された、巨大な石板に布が被せられていた。あそこに合格者の名前が刻まれているらしい。

「あっ、アインさん！」

声が聞こえて振り返れば、ルルリアの姿があった。ルルリアは人混みを掻き分け、俺の許へと駆け寄ってくる。

「試験以来だな」

「いや、良かったです。他に話せる人がいないので、不安が大きくて……。それに、もしかしたら、会えるのは今日が最後かもしれませんしね」

ルルリアは自信なさげにそう零す。

「大丈夫だ。問題視していた最後の剣術試験も、上手く行ったのだろう？」

元々の試験官だったカーズは俺が退場させたため、ルルリアの担当は別の試験官になった。その人は騎士ではなく、元々の学院の教師だった。言動からして真っ当そうな人であったし、ルルリアは特に大きなミスもなく打ち合いを終えていた。あの様子を見るに、致命的な失点はなかったはずだ。

……まあ、あのカーズに比べれば、世の中の大半の人間が真っ当そうな人に分類されることだろうが。

「試験では、充分に実力を発揮できたとは思っています。ただ、私の実力が元々、入学ラインに届いていたかというと……」

ルルリアは不安げな様子だった。無理もない。平民はかなり不利に採点されるという噂だったし、その噂もカンデラの発言を考えるに恐らくは真実なのだ。その不利がどの程度働くか、というのも大きな不安要素だろう。

周囲へ目をやる。皆、ピリピリした様子で石板を睨んでいる。名前があるかないかで、人生が左右されかねないのだ。必死にもなるだろう。

その中に、人一倍表情の険しい、見覚えのある男がいた。まるで石板を布越しに透視せんがばかりの形相であった。

「頼む、頼む……上位に入っていてくれ……。もし上位クラスから落ちていたら、父様がどんな顔をするか……」

「大丈夫ですよ、カンデラさん。父親が、学院に多額の寄付金送って牽制してくれたんでしょ？いいなあ」

カンデラとデップだった。

「上位クラス……？　ルルリア、何のことかわかるか？」

「え……アインさん、知らないんですか？」

ルルリアが意外そうに口にする。

「……試験や世俗の学習で、実は学院の下調べが充分ではない」

「世俗の、学習……？　アインさん、もしかして山暮らしか何かだったんですか？」

世俗の学習とは言わない方がよかったか。つい、口に出てしまった。

「入学試験の成績順でクラス分けが行われるんですよ。クラスによって寮の棟が変わるらしいのですが、結構露骨に差が付けられているそうです。卒業後の扱いなんかも結構露骨に変わる……みたいな噂を聞いたんですが、これはちょっとよくわかりませんね……。私なんかに入って来る情報も、その、知れているので……」

言われてみれば、確かネティア枢機卿もそんな話を口にしていた。ただ、俺は卒業後は姿を晦まして〈幻龍騎士〉に戻るだけであるし、クラスによる恩恵については俺にはあまり関係のない話だ。

「一学年八十人で、五クラスだったか？」

「ですね。A、B、C、D、Eに分かれていて……成績順なのですが、Aには上級貴族が、Eには下級貴族が集まることが多いらしいですね。魔術や剣術の訓練を受けられる環境の違いもあるとは思いますが……」

ルルリアはそこまで言って言葉を濁した。

なるほど、事情はだいたい把握できた。成績順にクラスを割り振るという建前とは別に、上級貴族の顔を立てるための調整が行われているのだろう。魔術試験の試験官であったトーマスも、身分を考慮に入れて試験点数を付けると口にしていた。

「過去には、一番下の〈Eクラス〉に配属された伯爵家の子息が、癇癪を起こしてその場で入学を辞退したこともあったそうですね。まあ、私は勿論、入れるならどこだって喜んで飛び込みますが……」

そういう事件が度々起こるようであれば、学院側も上級貴族を立てざるを得ない面もあるのかもしれない。学院が貴族を敵に回して、得することは何もないだろう。

「では、十六位ごとにクラスが変わるわけか」

だとすると、カンデラの言っていた上位クラスとは、成績トップ十六位までの〈Aクラス〉ということか。カンデラの様子からして、どうやら名前と共にクラスも発表されることになっているらしい。

と……そのとき、一羽の巨大な金色の梟《ふくろう》が、石板の上へと降り立った。受験生の視線が集まる中、梟は大きく翼を広げる。

『コレヨリ、王立レーダンテ騎士学院ノ合格発表ヲ行ウッ！　押シ合ウンジャネーゾ、半人前共！　コノ場デピーピー泣キヤガッタラ、スグサマ両眼啄ンデヤッカラ、落チタ負ケ犬ハ、黙ッテ帰ルコッタ！』

頭に、甲高い声が響いた。魔技の一つである〈念話〉だ。

「今の、あの梟が……？」

ルルリアはきょとんとした顔で、梟を見上げていた。

梟は足の爪で布を掴み、飛び上がった。石板が露になった。

一位：２９７：カプリス・アディア・カレストレア
二位：２５１：テオドール・テロシャン
三位：２４８：アリス・アシャール

クラスも発表されるのかとは思っていたが……まさか、順位までまともに出してくるとは思っていなかった。順位の横についている数字は、恐らく試験の点数だろう。三つの試験で合計三百点だったはずだ。

「ん？　あ、あれ……一位、アインさんじゃないんですね？」

ルルリアが不思議そうに口にする。

「いや、それはそうだろう。俺は第二試験で的に当てていないし、第三試験でも自分から打ち込めないまま終了になったからな」

「そ、そうですけど、でも、さすがに……」

ルルリアが首を捻る。

急に声を上げるものだから、てっきりルルリアが落ちたのかと思ってしまった。俺は石板の下へと目をやった。

七十九位：126：ヘレーナ・ヘストレッロ
八十位：119：アイン

俺はほっと息を吐いた。ネティア枢機卿が言っていた通り、最下位に俺の名前があった。落ちていることはないとは思っていたが、それでも確認できると安心した。

俺は卒業の際には姿を消す身であるため、不用意に目立たないようにと一番下の成績で入れてもらうことになっていたのだ。

……しかし、少し罪悪感がある。ルルリアに言った通り、俺の試験結果はぐだぐだであったのだ。合格ライン以上であっただろうと自信を持てるのは、せいぜい第一の筆記試験くらいだ。本当の結果で通っていたかは少し怪しい。

「あー！　あっ、ああっ！　ありました！　私の名前！　ありました！」

ルルリアが目に涙を溜めながら、歓喜の声を上げる。余程嬉しかったのか、俺の袖を掴み、石板を指で示す。

「ほっ、ほら！　見てくださいアインさん！　見てくださいってば！　あの、六十五位！　六十五位です！」

六十四位：152：カンデラ・カマーセン
六十五位：151：ルルリア
六十五位：151：ギラン・ギルフォード

確かに六十五位にルルリアの名前があった。六十五位……ということは、ギリギリで俺と同じ一番下のクラスに配属されることになるのか。

一つ右に余計な名前が見えたが、カンデラは六十四位であるため、上のクラスへの配属となる。幸いというべきか、俺やルルリアとは別のクラスになるはずだ。

「同じクラスらしいな。ルルリア、よろしく頼む」

「ええ、クラスは別ですが、入学してからもよろしくお願いします！」

ルルリアはぐっと握り拳を突き上げてそう口にした。

「ん？　同じクラスだぞ」

「え……？　アインさん、一番上のクラスじゃないんですか……？　そ、それに、〈Eクラス〉帯にも名前、ありませんけど」

「一番下だ。ギリギリ引っ掛かってよかった」

「ほ、本当だ……。う、嘘、なんで……？　アインさん、魔術試験も剣術試験も、凄かったのに……」

「いや、どっちもグダグダだったからな。魔術試験は二回外して終わり、剣術試験は評価担当が倒れたまま終わってしまった。どうにか下クラスに滑り込めて幸運だった」

「う、うーん……アインさんと同じクラスになれたのは嬉しいですけど……で、でも、なんだか可哀想です！　実力なら、絶対に〈Aクラス〉に入れるくらいはあったはずですよ！」

ルルリアはそう言ってくれるが、俺は生憎クラスのランクとやらには興味がない。むしろ上に行くほど殺伐としていそうだ。

俺の目的は元々学院生活を楽しむことだ。ネティア枢機卿からは世俗と社交を学べ、とも言われている。どちらもクラスのランクは関係ない。

「ふっ、ふざけるなよ！　この僕が〈Dクラス〉だと……？　こんなの、父様にだって恥を搔かすことになるんだぞ！　学院は、カマーセン侯爵家を馬鹿にしているのか！　僕を誰だと思っている！」

そう声を荒らげて憤っているのは、カンデラである。負傷していたため、第三試験で思うような結果を出せず、そのことが大きく足を引っ張っていたのだろう。

　カンデラの順位は、僅差でルルリアの上であったことを思い出す。恐らく、せめて一番下の〈Eクラス〉には入れないようにという配慮があって、ギリギリ今の〈Dクラス〉になったのだろう。

「でも、お陰で俺と同じクラスですよ。よかったじゃないですか」

「馬鹿かデップ！　それが何かの慰めになるとでも思ってるのか？」

「あ……でも、俺の方が順位上だ。俺、カンデラさんに勝ったんですね」

　デップが少し嬉しそうに言い、カンデラに首を絞められていた。

「あの試験直前の怪我さえなけりゃ、僕は〈Aクラス〉に入っていたはずなんだよ！　クソ！」

「で、でもカンデラさん、剣術試験の点数が上がっていたとしても、〈Aクラス〉はギリギリ入れなさそうじゃないですか？」

「お前やっぱり僕を馬鹿にしてるのか!?」

　カンデラとデップが揉み合っているところから、俺はそっと視線を外した。……まあ、あの二人が同じクラスでなくて本当によかった。

8　―トーマス―

　合格発表と同時期、王立レーダンテ騎士学院にて。

教師の一人であり、アインの第二試験、第三試験を担当したトーマスは、学院長であるフェルゼンの部屋を訪れていた。

フェルゼンは大柄の老人であり、百歳を超えている。二メートル近い体軀を持ち、腕や指も太く、大きい。頭頂部は禿げ上がっており、頭の両側からは長い白髪が垂れ下がっている。金色の瞳は常にぎらぎらと輝いており、かつて〈金龍章〉持ちの騎士、〈金龍騎士〉の一人であった頃の貫禄があった。

「フェルゼン学院長、戦地じゃ綺麗言や権威は役に立ちません。俺は貴方の実力重視の思想、容赦ない教育方針に共感していました。だが、ここ数年は貴族の機嫌を窺ってばかり。正直、がっかりしていますよ」

「フン、若造が。この学院が結果を出せば、それだけ権威を持つ。それを利用しようと擦り寄ってくる貴族が現れるのは当然のことだ。この儂が学院長になってから年々そういった輩は増えておる。それらを全て敵に回すのは、労力と利益が見合っておらんというだけだ」

「だが、限度を超えてるんじゃないですか？　今回の入学試験……成績を強引に調整して、劣等クラスと馬鹿にされている〈Eクラス〉に平民を集め、他クラスの貴族に見下させることで、溜飲を下げさせるつもりなんでしょう？」

「色々な兼ね合いの結果、そういう形になったというだけの話だ。平民が騎士を志すこと自体に反発しておる貴族も多い。だが、平民でもずば抜けた能力を持つ者は他のクラスにも配置しておる。

そもそも、騎士になったとしても、平民いびりは存在するわい。学院で馬鹿にされた程度で折れる平民であれば、最初から志す資格などない」

フェルゼンはやや呆れたようにそう口にする。

「……言い訳でしょう。それは結局、学院の実力重視の理念に反している。それとも、本当に現状が貴方が望んだ学院の形であるとでも？」

「話はそれだけか？　失せよ、トーマス。この後、客人を招いておる」

「いえ、まだですよ。俺が第二試験と第三試験で満点を付けた平民が、最下位になっていた理由をお聞きしたいのですが」

そう、アインのことである。第二試験で彼が放った魔術は的であるゴーレムからは外してこそいたものの、現役の騎士顔負けの威力を有していたのだ。おまけに彼は特級魔術《ランク5》を使ってみせたのだ。

学生の扱える魔術など、例年では下級魔術《ランク2》、よくて中級魔術《ランク3》までである。中級魔術《ランク4》を扱うことができれば、騎士の中でも魔術が得意な部類に入るだろう。特級魔術《ランク5》を行使できる者など、〈金龍騎士〉の中でもごく一部なのだ。

第三試験でも、彼は明らかに戦闘慣れしていた。格上であるはずの騎士カーズが、ただの受験生相手に終始翻弄されていたのだ。戦いの一部を見ていたトーマスにも、一切アインの底が見えなかった。

アインはあくまでも、カーズが自身を試すために適度に手を抜いてくれていただけだと口にしていた。確かにそう捉えることもできなくはない状況ではあったが、とてもそれだけだとはトーマスには思えなかった。

「フン、平民の点数は下げて付けよと、事前に散々言ったはずだ。それだというのに、あんな戯けた点数を付けるとはな。居合わせた他教師に再採点を投げたままでのことだ。いいかトーマス、この王立レーダンテ騎士学院は、儂の城である。儂に従えぬ者は、この学院にいる権利はない。この忠告に、二度目はないぞ」

「フェルゼン学院長、質問の答えになっていません。納得できる答えがないのなら、俺はここを去るつもりでいます。あの学生を〈Eクラス〉にするのは、王国にとっても損失になるはずです。実力主義がモットーで残酷な制度が多いことは理解している。だが、学院の権威が増すに連れてしがらみや圧力が増え、ここ数年はその制度が、ただの平民いびりになりつつある。あの学生を最低成績に改竄《かいざん》したのは、平民を学院の象徴となるトップにしないためですか？」

フェルゼンはしばらく沈黙した後、口端を吊り上げて笑った。

「そこまで言うのならば教えてやろう。だが、聞いたからには、お前は今年の〈Eクラス〉の……アレの担任になってもらうぞ。元々、教師の一部には話さねばならんことだった」

「は……？」

トーマスはフェルゼンの言葉が理解できず、表情を歪める。フェルゼンはトーマスの了解を待たずに、再び口を開いた。

「アレに関しては、血統主義連中の圧力は一切関係ない。アレを最低成績で入学させること、そして極力目立たせぬように三年間陰から補佐を行うこと……それが〈禁忌の魔女〉からの命令だったのだ」

「な、何の話をしているんですか？　その〈禁忌の魔女〉とは？」

「前代の戦争以来、百年以上に渡って王家と教会を裏側から支配し続ける怪人だ。百の偽名と仮面を持ち、表には決して姿を見せない。下手に存在を口にすれば、それだけで命を狙われかねないこの王国の闇だ。その怪人より、『私の大事な子だから面倒を見てほしい』と手紙が届いた。それがあの小僧だ」

「な、な、な……」

トーマスは、思わぬ話に開いた口が塞がらなかった。

確かにその〈禁忌の魔女〉の話は、朧気ながらに聞いたことはあった。王国を支配する裏の人間がいるのだ、と。だが、ただのくだらない、怪奇話の類であると思っていた。

フェルゼンはトーマスの反応を楽しむように豪快に笑う。

「うっかり余計なことをして、魔女の不興を買わぬことだな。そのときは、お前も、この学院も、ただでは済まぬだろうよ」

とんでもないことに巻き込まれたと、トーマスはそう思った。ただ、今のが与太話でないことは、アインの明らかに異常な実力が裏付けていた。傲岸不遜で恐れ知らずなフェルゼンが、ここまで口にするのだ。

「さて、儂は人と会う約束があると言ったな？　話はここまでだ」

「待ってください、フェルゼン学院長！　まだ俺の頭の中では、整理も納得もできていません！　もう少ししっかり説明してもらわないと……！」

そのとき、ノックの音が響いた。フェルゼンの顔から一気に笑みが失せた。すくっと立ち上がると、小走りで入口へと向かった。

「フェルゼン学院長……？」

フェルゼンは誰が相手でも、訪れた相手を出迎えに向かうことなどこれまではなかった。彼の今の行動は、トーマスの目には異様に映った。

フェルゼンが扉を開けると、その前には一人の青年が立っていた。濃紺色の髪をしている。整った目鼻立ちと表情に欠ける寡黙な雰囲気は、人形のような印象があった。

丁度話題に上がっていた青年、アインである。先程まで魔女の話を聞いていたトーマスは、試験時に見たときには感じなかった不気味さを彼に覚えていた。

「教師の方に、学院長が呼んでいると聞いた」

アインがそう言うと、フェルゼンは巨軀を丸めて小さくなり、手を揉み、強張った笑みを浮かべた。

「おお、よく我が学院へ来てくださいましたアイン様。いや、枢機卿様より、手紙は受け取っております。呼びつけるような真似をして申し訳ないのですが、儂が外に出て会いに行くのも周囲に妙な印象を与えてしまうので……。ささ、入ってくだされ。アイン様が正式に入学なさる前に、一度直接お顔を合わさせていただければと思いましてな」

フェルゼンは猫撫で声でそう口にした。

「フェルゼン学院長!?」

トーマスが思わず声を上げた。フェルゼンのこんな姿は初めて見た。通常、フェルゼンは王族を前にしても普段の態度を崩さない。

フェルゼンはトーマスを振り返ってからすくっと背を伸ばす。

「フン、トーマス、とっとと出ていくがいい。話はここまでだ」

「いや、そう取り繕われても、もう威厳を感じられないんですが……」

アレだの怪人だの散々言っていた割に、本人が現れた瞬間に素早い変わり身であった。

「……学院長、試験の結果なのだが」

アインの言葉に、フェルゼンはびくりと身体を震わせる。

「いえ、申し訳ございません……! これは枢機卿様の、ご意思なのです。本当は三つの試験全て満点でして、〈狂王子カプリス〉を押さえての一位だったのですが! カプリスと揃って、この学院の最高点数であった『281点』を大きく上回る結果となっておりました! いや、さすがにございます」

フェルゼンは言いながら、チラチラとアインの表情を窺う。トーマスもアインの顔を眺めていたが、一切表情が変わらない。

「そうか」

アインはそれだけ無感情に返す。

怒っているのか、納得しているのか、それさえ判断の付かないところだった。フェルゼンの額から脂汗が垂れ始めた。

「た、ただその、我が校は最低成績のクラスである〈Eクラス〉となると、何かと面倒なことが多いもので……。何か言ってくだされば、儂の権限でどうとでもさせていただきますし、何なら別のクラスに理由をつけて配属し直すことも可能ですので」

「枢機卿の命令ならばそれに従う。元々、所属クラスなど任務には無関係のもの。それに何か問題があっても、学院長殿には頼らず自分で何とかしろと、枢機卿からはそう言われている」

「なるほど……出過ぎた真似をいたしました。お許しを」

フェルゼンは猫撫で声でペコペコと頭を下げる。トーマスは普段は傲慢なフェルゼンの珍しい姿を、怪訝げな目で眺めていた。

第二話　凶狼貴族ギラン

1

合否発表の後日、クラスに分かれて担任について、寮へと荷物を運び込むことになった。俺達〈Eクラス〉の担任は、第二試験の試験官であったトーマスだった。

トーマスとは、学院長のフェルゼンへ挨拶に行った際にも顔を合わせた。移動中、気まずげに俺の方をチラチラと見ていた。

「トーマス先生と何かあったんですか？」

ルルリアが俺へと尋ねる。

「いや、特に何もなかったと思うが……」

フェルゼンとの顔合わせの際にも、トーマスとはほとんど話していない。

しかし、あのとき、試験の実結果を確認できてよかった。本当に実結果で合格ラインだったのか疑問で、何となく気持ち悪かったのだ。

フェルゼンは全て満点だったと教えてくれた。ネティア枢機卿と顔見知りらしいので俺に気を遣ったのかもしれないが、それでも正反対の結果は口にしないだろう。それなりに高得点にはなっていたのではなかろうか、と思う。

「流石、レーダンテ騎士学院ですね！　見たこともないような立派な建物がいっぱい並んでいます！　寮棟もきっと凄いところですよ！」

ルルリアが落ち着きなく周囲を見回す。

クラスごとに寮棟は決まっており、〈Eクラス〉の寮棟には〈Eクラス〉の全生徒が集められるそうだ。とはいっても、学年が違う生徒とは階層が異なるため関わることはほとんどないそうだが。

「ハア、平民はこれしきのことで騒ぎ過ぎですわね。これだから田舎育ちは」

その声に、ルルリアがムッとしたように振り返る。

俺も彼女に続いて背後へ目を向けた。サラサラとした、金髪の縦ロールの女だった。

「ここは天下の王立レーダンテ騎士学院、この程度の建造物は当たり前でしょうに。ま、貴方方には過ぎた学院であることは否定しませんが」

「お前は……」

「ヘストレッロ騎士爵家のヘレーナですわ。不本意ながら、貴方方と同じクラスというわけです。ルルリアに、成績最下位のアイン、だったかしらね」

騎士爵か……。

「王国騎士になった平民に与えられる、一代限りの名誉爵位ですね。貴族と認めていない貴族の方が多いはずですし、そこまで私達と変わりませんよ」

ルルリアが小声で俺に言った。

「聞こえていますわよ」

ヘレーナが鋭い視線を向ける。

ヘレーナは自身が騎士になれなければ、平民になってしまう。是が非でも騎士になりたいところだろう。

平民はほぼ〈Eクラス〉に集められているようだったが、それでも〈Eクラス〉の大半は貴族である。それだけ入学する貴族の割合自体がということである。

しかし、大貴族の子息を最低クラスには配属しづらいはずだ。必然的にこのクラスはヘレーナのような下級貴族が多いのではなかろうか。

「同じクラス同士、よろしく頼むヘレーナ」

「ハッ、平民と対等など、有り得ませんわね。ただ、私の下僕になるというのなら、認めてやらないこともないですわよ。この学院では、平民への風当たりが強いですからね。私の下につけば、安全を保障してあげましょう」

ヘレーナは薄い笑みを浮かべる。ルルリアは露骨に不快そうな顔をしていた。

「ああ、仲良くしてくれ、ヘレーナ」

「い、いいんですか、アインさん!?」

ルルリアがショックを受けたように表情を歪める。俺があっさりと了承したのが意外だったらしい。

「俺はこの学校で、一人でも多く友人を作りたいと思っている。貴族との間には垣根があるかと思っていたが、向こうから来てくれるのは嬉しい。それに、人の下につくのは性に合っている。そんなに嫌いではない」

「……下僕って言ってましたよ？　本当にいいんですか？」

「賢い平民ですわね、アイン。従順な平民は可愛がってあげますわよ」

ルルリアが俺の耳許に口を寄せる。

「……それに、この方、アインさんの順位のことを揶揄してましたけど、確か七十九位でしたよ。七十位台は平民で固められていたのに、家名持ちが一人だけ交じっていたので、気になって覚えていたんです」

言われてみれば、見覚えがある気がする。俺の一つ上だったか。俺の入学成績はネティア枢機卿が最下位で固定するように頼んでいたらしいので、下手したら真の入学成績最下位なのかもしれない。

「聞こえていますわよ、そこの女」

「ルルリア、そういう判断はよくないと思う。成績と人柄は関係ないだろう」

「ほう、平民の分際でいいことを言うじゃありませんの、アイン。私の一番の下僕にしてさしあげますわ」

「……アインさん、でも先に成績のことを持ち出したのはヘレーナさんですよ？」

三人で話している間に、俺達を先導していたトーマスが足を止める。

「着いたぞ、ここがお前らの寮棟だ」

トーマスの声に、顔を上げる。

他の優雅な建物とは打って変わったボロ屋敷がそこにあった。壁の塗装は剝がれており、窓ガラスが割れたところにテープが巻かれているのが見える。わざとやっているのではなかろうかと言いたくなるようなオンボロ具合であった。

「クラスによって変わるとは噂で聞いていましたけど、ここまでだとは」

ルルリアが苦笑いを浮かべる。

「どどど、どういうことですかトーマス先生！　なぜこんな廃屋なのよ！」

ヘレーナがトーマスへと食って掛かる。

「どういうこと、も何も見た通りだ。ここがお前達、〈Eクラス〉の寮棟だ。朝と夜は備え付けの食堂で食べることになるが、まあ、寮相応だと言っておこう。因みに別の寮は個室だが、〈Eクラス〉のみ大部屋だ」

「ふざけないで頂戴！　だ、だ、だってこれ……こんな……！」

ヘレーナの言いたいことはわかる。明らかに〈Eクラス〉の寮棟だけ古びている。意図的に、極端に冷遇しているとしか思えない。

「見るがいい諸君、あれが劣等クラスの寮棟だ。面白いであろう？」

遠くから聞こえた声に、目を向ける。黒に近い緑色の髪をセンター分けにした、蛇のように残忍な目の男がいた。どうやら教師らしい。

「ええ、全くですエッカルト先生。この学院の底辺共を収容しておく檻《おり》ですから、あのくらいが丁度いいのかもしれませんね」

傍らで笑っているのは、カンデラであった。ということは、エッカルトという男は、〈Dクラス〉の担任であるらしい。カンデラ以外の学生達も、俺達を見て笑っていた。

劣等クラス……か。どうやら入学成績下位の学生を集めた、〈Eクラス〉のことを言っているらしい。

ヘレーナは顔を真っ赤にし、〈Dクラス〉の一派を睨んでいた。

「言いたいことがあるのはわかるが、まずは荷物を運び込め。教室に移動してから、この状況について説明してやる。お前らが納得するかはまた別だがな」

トーマスはざわつく学生達へと、あやすように口にした。

「納得するわけがありませんわ！　だ、だってこれ、これは流石にあんまりじゃありませんか！」

「ずっとあの寮棟を使うのかは、お前達次第だ」

「そ、それはどういう意味かしら？」

「だから、それについても、教室で説明してやる。ここは〈Eクラス〉の寮棟とは言ったが、正確には誤りだ。寮棟には、入れ替えの機会がある」

トーマスはそう口にすると、こちらを嘲笑っている〈Dクラス〉の方へと意味深な薄笑いを向けた。

2

「あんなの納得いきませんわ！　どういうことなのか、きっちりと説明していただきますわよトーマス先生！」

教室に入って席に着くなり、ヘレーナはトーマスへとそう叫んだ。

「あんなオンボロ部屋で、しかも共同の大部屋なんかで、貴族であるこの私にどんな生活をさせるおつもりなのかしら！」

「この学院のルールだ。嫌なら辞めてもいいんだぞ。毎年、入学してすぐに、〈Eクラス〉の貴族の中から辞める生徒が出てくる。俺らにとっては風物詩みたいなものだ」

トーマスは淡々とそう返す。ヘレーナが顔を顰めていた。

ヘレーナの親は一代貴族の騎士爵である。もしも彼女が騎士になれなければ、平民に落ちることになる。

　騎士学院を出たからといって騎士になれるわけではない。領主の私兵や商隊の護衛、傭兵になる者も多い。卒業生の大半が騎士になる、この王立レーダンテ騎士学院を去ることは、ヘレーナにはできないだろう。

「う、うう、ううう……。貴方達は、何か思うところはありませんの！　小汚い共同部屋で寝泊まりなんて、私ごめんでしてよ！」

　ヘレーナは、近くに座っていた俺を見た。

「俺は地下迷宮や戦地で眠った経験も多い。少し古いというだけで、あの寮棟はとてもいいところだと思うが。寝込みを襲ってくる魔物もいなければ、矢も飛んでこない。休眠の場としてそれ以上が必要か？」

「必要ですわ！　貴方、いいところの基準が安全かどうかしかないんじゃなくって!?」

「それに大部屋にも期待している。少し楽しみなくらいだ」

「貴方とは感性が違い過ぎて、参考にならなそうですわね……」

　ヘレーナは溜め息を吐き、俺の隣のルルリアへと目を向ける。

「正直、皆さんがそう憤っている理由が、私にはあまりわからないんです。私の家はもう少し古かったので。大部屋とは言いますが、男女別でこのクラスの女子は五人だけですから、そう気にしなくても大丈夫ですよ」

「……平民の貴方方に聞いたのが間違いでしたわね」

ヘレーナは口を尖らせて言う。

「寮棟前でも言ったが、寮棟には入れ替え制度がある。半年置きに、クラスの成績であるクラス点によって寮棟の入れ替えを行っている。実力主義を重んじる、我が王立レーダンテ騎士学院ならではの制度だ。ここ数年は、やや形骸化しつつあるがな」

トーマスはそう説明する。寮棟前で言っていたのはこのことだったらしい。

「クラス成績……？　クラス点……？」

ヘレーナが首を傾げる。トーマスは宙へと指を向ける。

「初歩魔術《ランク1》〈ワード〉」

空中に、光の文字が浮かび上がった。

トーマスは宙に数字を刻んでいく。

「ウチでは個人成績とは別に、クラス点を付けている。講義態度や筆記試験、実技演習なんかでな。そうやって連帯感と緊張感を持って、自己研鑽に励みながら学院生活に臨んで欲しいというわけだ。クラス点は王国騎士への推薦の際にも考慮に入るが、寮棟や寮の付属食堂の質にも関わる。学院としては、そうやって生徒達の頑張る目先の理由を、少しでもわかりやすい形で用意してやってるんだ」

「な、なるほど……結果を出せば、王国騎士への推薦を得られて、まともな寮棟へも移動できるというわけですわね」

ヘレーナは覚悟を決めたようであった。文句を口にしても変わることだとは思えないし、ヘレーナは自身が学院を去るという選択肢は最初からないはずだ。寮棟の環境がわざとらしく悪いことに関してもとりあえずの納得はいったため、引き下がることにしたようだ。

しかしトーマスの説明には違和感があった。言っていることはわからなくはないのだが、クラスごとの対抗というのは無理がある。そもそものクラス分けが入学時の成績なのだ。個人ならばともかく、全体で大きく結果が変わるとは考え難い。

俺は別にそれでも構わないと思っているが、〈Eクラス〉の寮棟だけ明らかにランクが下がっていたのも気に掛かる。〈Dクラス〉は大部屋ではないはずだ。

「よし、これを見てくれ。これが現時点でのクラス点だ」

トーマスは魔術で宙に書いたのを指で示した。

〈Aクラス〉：243
〈Bクラス〉：215
〈Cクラス〉：189
〈Dクラス〉：163

〈Eクラス〉：137

最初からクラス順に並んでおり、大きな差ができている。特に〈Aクラス〉と〈Eクラス〉では、百点以上差が開いている。

いや、この数字、どこか覚えがあった。頭の中で記憶の限りは概算してみたが、やはり同じもののようだ。

「どっ、どういうことですの！　どうしてこんなに、最初から差が……！」

「入学試験の平均点だな」

「なっ……！」

入学試験での三つの試験の合計得点は、合否発表の石板で公開していた。薄っすら覚えている数字を当て嵌めればその裏付けも行える。

「よくわかったな……その通りだ」

トーマスが少し驚いたように口にする。

「アインさん、本当に記憶力いいんですね」

「俺だって全部正確に覚えていたわけじゃない。せいぜい半分くらいだ」

「それでも異様だと思いますけど……」

しかし、これで学院側の意図は何となくわかった。

クラスは入学試験の成績順なので、ただでさえ順当に行けばこの形で差ができていくだろうに、入学試験の成績をクラス点に反映させた意味。そして、わざわざ生徒に見せる最初の点数を、入学試験のクラス平均点というわかりやすいものにした意味。

上の者の優越感を煽り、下の者の劣等感を煽る。徹底的に生徒に実力を意識させ、競わせるのが目的なのだろう。

わかりやすいペナルティとして衣食住の中心である寮の格差を用いているのも、その一環であるといえるだろう。しかし、実際には、ちょっとやそっとではクラス点が覆らないようになっているはずだ。あまりに上の者が圧倒的に有利なルールになっている。

厳しい制度ではあるし、道徳的だとはあまり言えない。だが、効果はあるのだろう。学院長のフェルゼンは、そうした変わった制度を導入することで学院のレベルを引き上げたといわれているらしい。

「ただ、ぶっちゃけた話だが、この制度は形骸化しつつある。ウチの学院も、年々上位貴族への優遇が強まってきている。厳しい学院生活に上位貴族の生徒達が耐えられるよう、わかりやすい下を作って他のクラスの溜飲を下げさせる。それが今の〈Eクラス〉の実態だ。クラス点の順位自体も、競争意識と仲間意識を煽りつつ、成績を意識させるためのものでしかない。実際にこの順位が変動することはほとんどない。予定調和の、やっぱり〈Aクラス〉は凄いんだというための出来レースのようなものだ」

トーマスはばっさりとそう言い切った。予想はしていたことだが、そこまで明言するのかと俺は少し驚いた。

ヘレーナを筆頭に、クラス内の他の学生達は、茫然と口を開けてトーマスを見ている。現状を改善するための手立てを教えられたと思ったら、それがあっさりと切り捨てられたので驚いているのだろう。

「そ、そんな……。それじゃあ結局、順位の変動は望み薄だと、そういうことですの!?」

「いや、だが、今年に限っては下剋上が望めると、俺はそう考えている。〈Dクラス〉は、学院が〈Eクラス〉行きにできなかった中位貴族の子息女が多い。総合的な実力であれば、ほとんど変わりはないはずだ。個人を見ても、〈Dクラス〉の上位層と対等以上に戦えそうな生徒が数名交じっている。現状が不満ならば、年内に〈Dクラス〉を倒せ。期待しているぞ」

「担任とはいえ、随分と肩入れしてくれるんだな」

「俺は学院の今の、血統主義が蔓延しつつある空気は好きじゃない。学院内政治に巻き込むようで申し訳ないが、お前達ならば奴らに一泡吹かせられると思っている」

俺の質問に、トーマスはそう返した。

学院も一枚岩ではないらしい。色々な思惑の結果、実力主義のための制度が、半端に血統主義に寄っているように思える。

俺としてはクラス点にはあまり関心はない。騎士団への推薦も、寮棟の件も関心がないからだ。平穏に学院生活を堪能できればそれでいい、争いごとなど求めていない。

ただ、クラス点の不調が続けば、クラス内の空気も暗くなるはずだ。最悪、不仲に繋がることも考えられる。あまり実力を出さない程度に、クラスの一員として多少の補佐は行っていた方がよさそうだ。

3

講義の模擬訓練があり、俺達はクラスで訓練場へと訪れていた。トーマスの指示の許、訓練のためのペアを作っていく。このクラスは十六名であるため、八つのペアができる。

「剣術試験の時と同じだ。相手を打ち倒すことより、長く打ち合うことを意識しろ」

トーマスがそう指示を出す。

俺は自然とルルリアとペアを組んでいた。最初に話した相手なだけあって、お互い気楽なのだ。それに、貴族相手はどうにも壁がある。平民の多い〈Eクラス〉に入ることになったのを恥だと感じているらしい。

「おおっ、お手柔らかにお願いしますね！」

ルルリアは剣の構えがガチガチに硬くなっていた。

「たかが訓練なんだから、そう緊張しなくても……」

「す、すいません、アインさんを相手にすると思うと……！」

「ちょっとアイン、私とペアを組んでもよろしくってよ！」

高い声に振り返ると、ヘレーナであった。

「悪いが先約がいるんだ」

「だったらペアを解消しなさい！　貴族の令嬢であるこの私が言っているのよ！」

「……騎士爵の令嬢というのは、あんまり聞かない言い方ですね」

ルルリアは剣を下ろして俺達の方へと歩みながら、そう小声で漏らした。ヘレーナが眉を吊り上げてルルリアを睨む。ルルリアはびくりと肩を震わせ、誤魔化すように苦笑いした。

「でもヘレーナさん、別にアインさんに固執しなくとも……」

ルルリアはそう言いながら周囲を見回す。

「仕方がないわね。別に貴女が相手でもよろしくってよ、ルルリア。お父様は生まれには恵まれなかったけれど、剣の腕だけで騎士爵になったのよ。その息女である私の剣が、〈Eクラス〉成績トップである貴女にも通用することを教えて差し上げるわ」

ヘレーナが挑発的な笑みを浮かべ、剣先をルルリアへと向ける。

なんだ……？　俺を個別で指名した割には、別にルルリアでもよかったらしい。

「もしかしてヘレーナさん……その、ペア決めにあぶれたんじゃ……」

「そそそ、そんなわけがないじゃない！　平民の分際で、貴族である私になんて言いがかりをつけるのかしら！　無礼よ無礼！　ここが学院じゃなかったら、とんでもないことになっているわよ貴女！」

「ご、ごめんなさい……」

ヘレーナとルルリアのやり取りを他所《よそ》に、俺は周囲で余っている人間を探していた。

偶数人数なのだから、一人あぶれるということはあり得ないのだ。まだペアのできていないクラスメイトがいるはずだ。

離れたところに、床に座って俺達を睨んでいる男がいた。茶髪で、鼻の頭の上に傷跡がある。獰猛な魔物を思わせる、鋭利な三白眼であった。

「なんだ一人いるじゃないか。おい、そこのお前。ヘレーナが相手がいなくて、困っているんだ。組んでやってくれないか？」

俺が大声を上げると、ヘレーナがムッとしたように俺を見る。

「アイン！　別に私は、相手に困っていたわけじゃ……！」

ヘレーナはそれから男を見て、顔を蒼褪めさせた。

「ちょっ、ちょっと、アレは駄目なのよ！　ギラン・ギルフォード。凶狼貴族、ギルフォード男爵家の子息よ。下手に揉めたら、貴方、殺されるわよ！　私だってゴメンなんだから！」

「凶狼貴族……？」

「当主の父親がぶっ飛んだ奴なのよ。上位貴族と口論になった際に、相手を半殺しにしたなんて噂もあるわ。ギルフォード男爵家は、階級を重んじる貴族の中で、異端の逸《はぐ》れ者なのよ。私だって、伯爵以上の子息に靴を舐めろと言われたら、喜んで舐めるくらいの覚悟でこの学院に来たのよ」

「……お前の心構えを話されても参考にはならんのだが」

「あそこの子息なんだから、本人だってヤバイに決まってるわ。見てみなさいあの眼、既に二、三人くらい殺してるわよ」

「お前の偏見はともかく、貴族事情に詳しいんだな」

「フン、当たり前じゃない。貴族は社交界が全てなのよ。特に私みたいな弱小貴族は、貴族事情の荒波を読み違えたら、そのまま波に呑まれて沈んじゃうんだから。地雷を避け、強者に媚を売る。貴方も騎士になって、貴族入りを目指している身であれば心得ておくことね。先輩として忠告してさしあげるわ」

俺は卑屈なのか不遜なのかわからないヘレーナの戯言を聞き流しながら、三白眼の男、ギランへと手を振った。

「おい、早く来い。ぼさっとしてると、クラス点を引かれたっておかしくない。個人の成績だってあるだろう」

「こっ、このド平民！　私の話、聞いていたのかしら！」

ヘレーナが俺の襟を掴む。

「模擬戦くらいで怯え過ぎだ。禍根が残ることは起きようがないだろう」

「ハア……仕方がないわね。私が折角忠告してあげたっていうのに。ま、いいわ。ルルリア、貴女相手じゃ訓練にもならないだろうけれど、騎士の父を持つ私が、遊んであげるわ。私、筆記と魔術はそれはもうぐちゃぐちゃだったけれど、剣術が評価されてここに立っているのよ。そのことを骨身に教えてさしあげましょう」

それは自慢になるのか……？

「こんな平民だらけの底辺クラスどころか、〈Dクラス〉でだって剣術だけならトップになれる自信があるわ」

その馬鹿にしている〈Eクラス〉において総合力で最下位手前であることを彼女は自覚しているのだろうか。

「ヘレーナ、ルルリアは俺と模擬戦をするんだぞ。お前は、あの男とだ」

「んん？」

ヘレーナは苦虫を嚙み潰したような表情をした。

「ちょ、ちょっと待って、冗談じゃないわよ！　凶狼貴族の子息よ!?　あそこの家は、貴族社会において個人の暴力で我が身を守ってるようなヤバイところなのよ！」

ヘレーナは目に涙を湛え、俺の袖を両手でがっしりと摑む。

「剣技はこのクラス一番の自信があるんだろう？」

「あっ、あいつは例外よ！　凶狼貴族の子息が、弱いわけないじゃない！　多分、文字の読み書きができなくって、このクラスに落とされたんだわ！　ちょっと、貴方、私の下僕になるって言ったじゃない！　主が代われって言ってるんだから、代わってくれたっていいじゃない！」

ギランは俺達を睨んだまま立ち上がった。

「そこの女、剣にゃ自信があるんだって？　いいだろう、こんな劣等クラスの講義には期待してなかったが、ちっとは遊んでやるよ」

眉間に深く皺が寄っている。ギランは明らかに殺気立っていた。ヘレーナから一方的に遠くであれこれ言われていたのが癪に障ったのかもしれない。ヘレーナの顔からは、表情が失せていた。

4

俺はルルリアの打ってくる剣を防いでいた。たまにルルリアが予期していなそうな方向から不意打ち気味に剣を振るって反撃しつつ、速度を調整して対応できる範囲に留める。しばらく打ち合った後、ルルリアは肩で息をしながら下がった。

「す、すいません、少し休憩を……」

「もう少し相手の動きをしっかり目で追った方がいいな」

「なるほど……ありがとうございます」

因みに俺が使っているのは、王都レーダンテに来た際に街で買った市販品である。普段〈幻龍騎士〉として使っていた剣は、ネティア枢機卿より賜った、値の付けられないものばかりだからだ。業物だと知れれば面倒なのもあるが、〈怒りの剣グラム〉で手加減をするのは難しいし、〈死呪剣サマエル〉は事故を起こせば大量の死者を出しかねない。他の二本、〈神滅剣ミミングス〉と〈運命の黄金剣へ・パラ〉はもっと危険で、決して人里で抜いていい代物ではない。

「そういえばルルリア、途中意識が逸れていたな。気になるものでもあったか？」

俺が問うと、ルルリアはちらりと俺の背後へ目をやった。

「その……アレ……大丈夫でしょうか？」

ヘレーナとギランが打ち合っている。……というより、ヘレーナが一方的に攻撃されていると言った方が正しそうだ。

ギランはヘレーナを甚振《いたぶ》るように、速度の乗っていない力任せの剣を叩き付けんばかりに振るっている。技術がないのではなく、明らかに遊んでいた。身体能力や技術以前に、〈魔循《まじゅん》〉に差があり過ぎて戦いになっていない。ギランはそれを理解した上で弄んでいる。

ヘレーナはギランの剣に弾かれつつどうにか必死に防いでいたが、表情を見るに既に心が折れているようだった。

確かにギランは危険そうな雰囲気の男ではあった。ただ、まさか模擬戦で相手を潰すような剣筋を振るうとは思っていなかった。

「これは……止めた方がよさそうだな」

　俺が歩いて近づいたとき、ギランが剣を大きく振りかぶった。ヘレーナは全くガードが追い付いていなかった。さすがに止まるかと思ったが、ギランはそのままヘレーナの腹部へ、剣の腹を打ち付けようとした。

　斬られはしないだろうが、あの勢いで腹部を打たれれば充分重傷になる。

　俺は間に滑り込み、ギランの刃を刃で防いだ。ギランが驚いたように三白眼の目を見張る。

　ヘレーナは剣を投げ捨て、さっと俺を盾にするように背後へと回り込んだ。

「あああ、あの御方っ！　完全に私をぶっ殺すおつもりでしたわ！」

「さすがに今のは不味いんじゃないのか？　ギラン」

「訓練中の事故くらい、よくあることだろうがよ。こんなもんでいちいち騒いでんなら、騎士になるのなんてとっとと諦めちまった方がいい」

「殺さないように、刃を傾けたな？　事故ではなく明らかに故意だ」

　ギランと俺の刃が弾き合い、ギランが下がった。

「ほう？　咄嗟に飛び込んだ割に、よく見えてるじゃねえか。で、それを証明できんのか？」

「証明するかどうか、じゃないだろう。せっかく同じクラスなんだから、もう少し仲良くする姿勢を見せたらどうだ？」

　俺としては、ギランの態度が理解できなかった。

俺は生まれてから十五年間、まともに話をしたのは〈幻龍騎士〉の他の三人と、ネティア枢機卿だけだった。だからネティア枢機卿の気紛れで俺が学院に入れることになったのは嬉しかったし、なるべく多くの友人を作ろうと息巻いていた。だが、ギランはどうやら、全くそういった気はないと見える。

「ハッ、有り得ねえなァ。劣等クラスの雑魚共と馴れ合うつもりはねぇよ」

「劣等クラスって……お前も、同じクラスだろう。気に入らないのなら、トーマス先生が言っているようにクラス点を上げれば、校内での扱いも大きく変わる。そう説明していただろう？」

「俺は違う。こんな雑魚共と一緒にされて、気分が悪い」

ギランは吐き捨てるように言い、俺を睨み付ける。実際、ギランの言っていることがただの思い上がりだとは思えなかった。剣には自信があると豪語していたヘレーナが、明らかに弄ばれていた。

「何はともあれ、無用に孤立してもお前が損をするだけだぞ。事故でも何でも、大怪我を負わせそうになったのに変わりはないんだ。ヘレーナに謝ったらどうだ？」

「そっ、そうですわそうですわ！」

ヘレーナが俺の背後から野次を飛ばす。ギランに睨まれ、そっと俺の背後に再び潜り込んでいた。

「俺は男爵家の者だぜ？　平民崩れの騎士爵相手に下げられるような、軽い頭があると思ってんのかァ？」

ギランは俺の言葉をつまらなそうに聞いていたが、何か思いついたのか、口から犬歯を覗かせて笑みを浮かべた。

「が、いいだろう。条件がある。模擬戦でお前が勝ったら、頭でも何でも下げてやるよ。俺と戦え。だが、お前が負けたら、平民の分際でこの俺様に余計な口を挟んだことを、土下座して詫びてもらうか」

「待て、何故そうなる」

「雑魚ばっかの劣等クラスで模擬戦なんてやってられるかと思ってたが、多少はマシな奴がいるとわかったからなァ。でも、いいんだぜ？　敵わないと思ってんなら、逃げちまってもよ」

まあ、それで納得する、というのならば構わない。

「わかった、引き受けよう」

ヘレーナが俺の背を摑んだ。

「ちょ、ちょっと、止めておいた方がいいですわ！　この私が敗れたのよ！　平民の頭は軽いでしょうけれど……この御方、きっと、お互い無傷で済むような戦いでは、負けを認めませんわ。〈魔循〉の練度も高そうでしたから、なまじ本気にさせたら、大怪我に繫がりかねなくってよ」

「大丈夫だ。少し、稽古を付けてやるだけだ」

「随分な自信じゃねえか。楽しみだなァ、オイ」

ギランが舌舐めずりをした。

5

俺はギランと、剣を構えた状態で向かい合う。

「さて、やるかァ」

「勝敗が懸かっている以上、もう少し明確にルールを詰めておいた方がいいんじゃないのか？」

俺の言葉を、ギランは鼻で笑う。

「クク、お前、本気で俺に勝てると思ってるんだな。必要ねえよ、言い訳の仕様がねえくらい、叩き潰してやっからよ！　逆に、お前がちっとでも喰らい付けるなら、その時点でお前の勝ちにしてやってもいいぜ。できっこないだろうがなァ！」

ギランは剣を大きく振りかぶり、俺へと正面から突進してくる。勢いよく振られた剣が、俺の肩目掛けて放たれる。

ヘレーナと戦っていた時よりも更に速い。俺は剣を縦に構え、ギランの刃を受ける。

「ほう……俺の一撃を受けて、全く体勢を崩さねえとは。だったら次は、〈剛魔《ごうま》〉を解禁した一撃をお見舞いさせてもらおうか」

ギランが笑いながら口にする。

「ご、〈剛魔〉ですって!?　入学してから日も経っていないのに、まさかそこまで習得しているなんて……」

見ていたヘレーナが声を上げる。

「〈剛魔〉って……？」

ヘレーナの隣のルルリアが、彼女へと尋ねる。

「魔技の一つで、わかりやすく言えば、膂力の強化……もっといえば、破壊力の強化に特化した〈魔循〉のようなものですわ。習得できるかどうかとその練度の高さで、騎士の中での位置づけも変わってくるという話ですわ。まさか、入学時点で習得している方がいるなんて」

ヘレーナの口振りだと、基本である〈魔循〉以外の魔技をまともに入学時点から扱える学生自体がかなり少なそうだ。だいたいこの騎士学院の、合わせるべきラインが見えてきた。

「お前の力でどこまで対応できるか、まずは確かめてやる！」

ギランが大きく背後へ跳んだ。またさっき同様に、間合いを取ってから斬り掛かるつもりなのかもしれない。

だが、俺としてはあまり長々と付き合うつもりはない。幸い、少しでも俺が優位になれば勝ちにしてくれると、そう言質は取っている。

俺は床を蹴り、下がったギランの目前へと移動した。

「えっ、おい……」

ギランは慌てて、振りかぶった剣を防御に回そうとする。俺は左側から斬りつけると見せかけ、素早く右側から剣を弾いた。実戦であれば、剣を弾くまでもなく、腹部を突き刺せる形勢であった。

「ぐっ……」

ギランは手に力を込め、剣を離さないようにと踏ん張る。体勢を崩して床に膝を突いたが、懸命に再び剣を構え、隙を晒さないようにする。

俺は斬り込まず、間合いを置いたところからギランへ剣を向けていた。俺はギランと目が合った後、剣を下げた。

「終わりでいいな、ギラン？」

「ま、まだだ！　俺の負けじゃねえ！　余裕振って隙だらけの〈剛魔〉を使って、そこを突かれたのは認めてやる。だが、追撃されても、俺は防げていた！」

〈剛魔〉は〈軽魔《けいま》〉とは反対に体重を重くする。故に、動きが鈍くなり、大きな隙を晒すことに繋がりやすい。実力を充分に発揮していないままに隙を突かれて敗れたのが、どうにも心残りらしい。

「卑怯ですわよ！　ギラン・ギルフォード！　アインに負けたんだから、大人しく私に頭を下げなさい！」

ヘレーナがここぞとばかりに口を挟む。だが、ギランに睨まれると、すぐ肩を窄《すぼ》めて小さくなっていた。……怖いのならば、最初から言わなければいいのに。

「追撃どころか、逆側から斬り込んで弾いた時点で、その気になれば、剣じゃなくてお前を斬ることもできた。それくらいわかっているんだろう？」

「み、認めるか……認められるかよ！　この俺がァ、ギルフォード男爵家の子息が、劣等クラスの模擬戦で負けたなんてよ！」

　ギランは歯を噛み締め、再び剣を構えた。額には脂汗が浮かんでいる。

「〈羅刹鎧《らせつよろい》〉！」

　ギランが剣を構え、叫んだ。

　ギランの身体から漏れたマナが実体を持ち、彼の身体が赤い光の鎧に包まれた。マナを放出して変質化させ、自身の身体を守る魔技らしい。

「あ、明らかに、あんなの、学生レベルの魔技じゃありませんわ！　なんであんなのが、ウチの〈Eクラス〉に!?」

　ヘレーナが悲鳴を上げる。

「ギルフォード男爵家の秘伝の魔技だ！　確かにお前は強い、認めてやろう。だが、この俺が、平民如きに負けるわけにはいかねぇんだよォ！」

　ギランが地面を蹴る。蹴った地面が黒く焦げ、窪んでいた。身体能力が跳ね上がっている上に、あのマナの鎧はかなりの高温のようだ。

　俺は身体を反らし、ギランの剣を回避する。刃も〈羅刹鎧《らせつよろい》〉の輝きに覆われている。

「このマナの鎧は、ナマクラ如きじゃ破れねえぞ！　教えといてやらァ、俺が維持できるのは一分前後！　その間逃げきりゃ、お前の勝ちだ！　それができなきゃ、俺の勝ちだ！」

「ふむ」

確かに学生向けの安物のこの剣では、〈羅刹鎧《らせつよろい》〉を破るのは難しいかもしれない。別にそれもやり方がないわけではないが。

ただ、ネティア枢機卿から不用意に目立つ真似をするなと言われているので、下手に魔技を晒すべきではないだろう。力押しでもいいが、剣が壊れれば勝ったとしても、ギランに言いがかりをつけられかねない。

俺はギランの剣を躱して懐に潜り込んだ。

「どうしたァ！　接近したって、この〈羅刹鎧《らせつよろい》〉がある限り……」

俺は拳を真っ直ぐに突き出した。マナの鎧を押し切り、ギランの腹部に拳を叩き込む。少し、手の甲が火傷したか。

「な、何を……お前、どれだけ、馬鹿力……」

ギランは指の力が弱まるが、それでも必死に剣を握っていた。俺はマナの鎧が弱まったギランの頬を、剣の柄でぶん殴った。完全にマナの鎧が消え、ギランの身体は力なく床に倒れた。その頭へと、剣を突き付ける。

「〈羅刹鎧《らせつよろい》〉が、正面から破られた……？　それも、こんな〈Eクラス〉の、平民相手に……？」

ギランは茫然とそう零した。表情を見るに、敗北への無念より、現状への無理解が先立っているように感じられる。余程〈羅刹鎧《らせつよろい》〉を信頼していたのだろう。

「もういいか？」

俺が口にすると、ギランの目に僅かに涙が浮かんだのが見えた。戦闘前、あれだけのことを口にしていたのだ。さっきのこともそうだが、簡単には負けを認められない性格なのはわかっていた。

だが、ギランは俺に対し、頭を下げた。

「俺の、完敗だ……」

6

模擬戦終了後のギランは、牙を抜かれた魔物の如く、すっかり大人しくなっていた。

「……すまなかった。所詮は劣等クラスの奴だと見縊っていた。だが、言い訳の余地のねぇ敗北だった」

ギランはがっくりと項垂れたまま、そう口にした。俺の背後で、ルルリアとヘレーナがほっと安堵の息を零していた。

「謝る相手は、俺じゃなくてヘレーナだろ？　俺は別に、頭を下げてもらうようなことはされていない。だが、彼女には大怪我を負わせるところだったんだ」

「そっ、そうですわ！　そう！　そういう取り決めですもの、しっかりと謝ってもらいますわ！

だって、本当に怖かったんですもん！」

ヘレーナがここぞとばかりに捲し立てる。ギランに睨まれてびくっと身体を震わせ、また俺の背後へとそっと身を潜めた。

「と……思ったけれど、その、やっぱりいいですわ」

ヘレーナは一回は地雷を踏まないと気が済まないのか……？

「ヘレーナ、だったかァ？」

「あっ、はい……」

ギランに名を呼ばれ、ヘレーナは一層顔色を青くし、恐々と答える。ギランは床に両膝を突き、ヘレーナへと深く頭を下げた。

「悪かった……。俺の、八つ当たりだ」

「お、おい、そこまでしなくても……」

「いや、今ので頭が冷えた。みっともねぇ真似をした」

ギランは俺へ自信満々で模擬戦を挑んで敗北したため、少しナイーブになっているように窺えた。プライドが強固な分、打ち崩された際には脆いのかもしれない。

「ま、まぁ、いいですわよ。アインのお陰で、幸い怪我は負っていませんし……それに、ここで付け上がっても後の反動が怖いですし……」

さすがのヘレーナも弱っているところへ付け上がるのは危険だと学習したらしく、ギランへとそう返した。

「しかし、八つ当たり、と言ったな。何のことだ？」

「アインさん、そこまで踏み込まなくても……」

ルルリアが俺を止める。

だが、ギランは「つまらねぇ話だが、聞きてぇなら構わない。俺が一方的に喧嘩吹っ掛けたんだ」と切り出し、話し始めた。

「第三試験……試験官が、親父がぶん殴った貴族の知人だった。親父が他の貴族に喧嘩売りまくったツケが、俺のところに回って来たってわけだ。チッ、親父を恨む気はねぇが、みみっちい仕返しだ」

ギランがこのクラスに来たのも、不当に点数を下げられたためらしかった。どうやら随分と、そういった嫌がらせや不正が横行しているらしい。人の採点するものだから、仕方ないと言えばそうなのかもしれないが。

「正直言って、入学成績なら〈Aクラス〉にだって届いていた自信があった。表立って何もできねえ馬鹿に足引っ張られて、劣等クラス……この〈Eクラス〉に放り込まれたんだ。今更このクラスで学べるもんはねぇと、そう思ってた。だが、まさか、得意な魔術無しの斬り合いで、こんな結果になるとはな」

ギランの言う、〈Aクラス〉にだって届いていた、というのは決して彼の思い上がりではないだろう。実際、他の学生と比べて、明らかにギランは高い水準にあった。

剣技も素の身体能力も〈魔循〉も、そして魔技も、どれも他の〈Eクラス〉の学生とはレベルが違う。

「……王立レーダンテ騎士学院の卒業経歴は惜しい。それに、他の権威のある騎士学院じゃ、ここよりよっぽど贔屓がひでえってのは常識だ。だが、大事な三年間を潰すくらいならと、退学も考えていた」

王立レーダンテ騎士学院を志す貴族にとっては、不合格よりもむしろ〈Eクラス〉に入れられること自体を恥だと考えている者も少なくないようだった。トーマスも〈Eクラス〉に配属されたことが原因で辞めた学生も少なくないと、そう言っていた。ギランが不合格ではなく他のクラスから嘲笑される〈Eクラス〉に配属されたのも、嫌がらせのためだったのかもしれない。

しかし、派手に負けてナイーブになっているにしても、随分と素直になったものだ。ヘレーナとの戦闘前後は、頭に血が昇っていて冷静ではなかったのかもしれない。本人にも、その自覚があるようだ。

授業に消極的であったのも、他の生徒の模擬戦闘を眺めて、自分と対等に戦える者はいないのだと、そう考えていたのだろう。

だとしたら、ヘレーナと戦っていた頃は鬱憤が最高潮に溜まっていたことだろう。力任せの剣をヘレーナに振るい、危うく大怪我を負わせるところだったことを肯定はしないが、ただ、理解はできなくもない。そこへ強引に模擬戦闘に誘った俺も、一端を担ってしまっていたと言える。

「退学するつもりなのか？　ギラン、お前はまだまだ強くなれる。勿体ない……とは思うが、正直止めることはできん。学院についてはお前の方が詳しいだろうし、散々悩んだ後だろうからな。お前の目標が、目指す先がここにないのならば、仕方のないことなのかもしれん」

同じクラスになった相手が学院を去っていくというのは寂しいものがあった。しかし、実際〈Eクラス〉の学生が自主退学するのは珍しくないと聞いていた。

プライドの高いギランにとっても、このクラスにいることは堪え難いものがあるのだろう。それに、学びたいものが学べない、という大きな理由もある。

「いや……だが、気が付いた。このクラスで学ぶべきものがないというのは、ただの俺の思い上がりだった」

「ほう、それはいいことだ。辞めるのは、いつでもできることだ」

ギランは再び床に膝を突き、俺に頭を下げた。

「お、おい、その頭の下げ方は止めてくれ。貴族の頭はそう軽いものじゃないと、言っていただろう」

「ああ、そう軽い頭じゃねえつもりだ！　だからこそ、頼む……俺を、弟子にしてくれ！」

「弟子……？」

「そうだ！　俺に剣技を教えてくれ！　戦ってわかった、お前は、俺より遥かに高みにいる。見ていただけの奴らより、俺がずっとわかってるつもりだ！」

弟子なんて、勿論これまで取ったことがなかった。人に物を教えるのが上手い方だとは、俺はとても思えない。口下手な方だという自覚がある。それに、魔術や魔技なんかは、勝手に教えれば問題がありそうなものが多い。

「本当に俺なんかでいいのか？」

「勿論だ！　今日みてぇに、たまに打ち合ってくれるだけでいい！」

「それでいいなら構わないが……一つ、その、条件がある」

「なんでも言ってくれ！　金ならいくらでも家に用意させる！　親父も、話せば納得させられるだろう」

ギランは唾を飛ばしながら、必死に俺へと訴える。

そ、そんなに俺の弟子になりたいのか……？

俺は頭を下げるギランへと、手を伸ばした。

「俺と、友達になってくれないか、ギラン」

ギランは呆気に取られたように、ぽかんと口を開けていた。しばし遅れて、恐々と、俺の伸ばした手を取った。

「んなもんでいいなら構わねえが……」

「あらあら、あの凶狼貴族のギランが、少し照れていますの」

「あァ!?　困惑しただけだろうが！」

よせばいいのにまたヘレーナがちょっかいを掛け、ギランに大声で怒鳴られていた。ヘレーナはびくりと身体を震わせ、ルルリアの陰に隠れる。ルルリアは迷惑そうにヘレーナをジト目で見つめていた。

これで俺に、三人目となる学院の友達兼、弟子ができた。

第三話　迷宮演習

1

「前以て告知していた通り、今日は迷宮演習を行う」

　入学より一か月近く経過した頃、朝の教室でトーマスからそう告げられた。トーマスに先導され、俺達は教室を出る。

　迷宮演習とは、学院地下にある迷宮に潜って行う実技演習である。この学院では、年に数回この形式の演習が行われるらしい。

　迷宮というのは、魔物の蔓延っている地下の巨大空間のことだ。世界の奥底には、〈深淵〉と呼ばれる、巨大なマナの流れが存在している。魔物とはそこから湧き出てくる生物のことで、多種多様な姿を持っており、そして例外なく凶暴である。

　そのため地下の〈深淵〉の流れの傍では、魔物が生まれ、彼らが穴を掘り、空間が広がっていく。それが迷宮の正体である。当然、下へと向かうほど〈深淵〉が近くなり、強大な魔物が現れるようになる。

「しかし、王都の地下の、それも学院下に迷宮があるとはな」

「あらあら、アインはご存知ないのかしら？　田舎育ちの平民は、これほど世俗に疎くなるものですのね」

ヘレーナが鼻息をふんすと吹き、得意げに話しかけてきた。それから、ちらっ、ちらっと、俺を窺う。話の続きを促してほしそうな様子であった。

「なんだテメェ、アインを馬鹿にしてやがんのか？」

眉間に皺を寄せたギランが、ヘレーナへと食って掛かる。

「ひぃっ！　べべ、別に私、親切心で教えてさしあげようとしただけでしてよ……。そんな、凄まなくたって」

ヘレーナがルルリアを盾にして、ギランから身を守る。

「……私かアインさんを、ギランさんからの盾にするのは止めてくれませんか？」

ルルリアが呆れたように零す。

……模擬戦の授業以来、どうにも俺はギランから懐かれていた。放課後に剣術訓練に付き合うことも多く、寮棟でも同じ部屋なので、ルルリアやヘレーナよりも顔を合わせている時間が長いこともある。

「ヘレーナ、教えてもらっていいか？」

俺はヘレーナを助ける意味もあって、彼女へとそう言った。ヘレーナはそれ見たことかという表情でギランを見て、睨み返されてまた萎縮していた。

「も、元々、このアディア王国は、レーダンテ地下迷宮を中心に発展してきた歴史がありますのよ。五百年前……このレーダンテ地下迷宮を探索する、多くの冒険者が現れましたの。レーダンテ地下迷宮は、世界の中でも最大規模の迷宮。発見された当初は、この広大な迷宮の低階層に、大量の魔石が転がっていたんですのよ」

魔石というのは、〈深淵〉の瘴気が結晶化したものである。多くは結晶化と同時に肉を得て魔物の心臓となるが、小さなものであれば魔物化せずに迷宮に転がっていることもある。

「それを元に発展した大都市が、この王都レーダンテの前身であり、ひいてはアディア王国の前身でもありますのよ。今は採り尽くされて魔石採掘場としては枯れたようなものですけれど、王家は騎士の訓練場や、極秘資料の書庫として、このレーダンテ地下迷宮を活用してきましたの。そして今は、迷宮の上に学院が建って、魔物災害を牽制すると同時に、次代の騎士達の訓練場になっているというわけですのよ」

「なるほど……。ありがとう、ヘレーナ」

「フフン、アインったら、講義内容から少しでも逸れたところはてんで駄目らしいですわね。そんなのじゃ、テストの点数は取れても、知識を活かすことはできなくってよ？　学院のお勉強の本質を見失っていますわね」

ヘレーナは鼻を高くし、上機嫌にそう語る。

俺が学院にやってきたのは、世俗を学ぶ意味合いもある。俺もネティア枢機卿が、これまで〈幻龍騎士〉をただの自分の武器として扱っていたのはわかっている。

ただ、彼女はそれではこの先不都合が出るかもしれないと警戒し、俺に価値観を広げさせるために、この学院へと送り込んだのだ。

今の俺は、授業にもならない、貴族の中では当然の知識、そういった面に疎いのかもしれない。

そこが欠けては本末転倒だ。

「授業や試験に手いっぱいで、肝心なところに目が向いていなかったようだ。ヘレーナ、お前にはいつも学ばされる」

「そっ、そうかしら？　フフン、ま、まあ、私って、そういうところがありますわよね」

ヘレーナが嬉しそうに口にする。

「……ヘレーナさんは、テストの点数を取ることを学んだ方がいいんじゃないですか？」

ルルリアの冷たい言葉に、ヘレーナは口を曲げる。

「なっ、何を言うのかしらこの平民は！　卒業できればいいんですのよ、卒業できれば！　教えておいて差し上げますわ、ルルリア。この学院でも、騎士になっても、上位貴族連中と何度も関わることになるんですから。上位貴族相手に穏便にやり過ごすためにはね、社交場で出やすい話の知識が必要ですの。遠い国の遠い昔の歴史より、ひと世代前からどことどこの家に利害関係があるだとかを学んでおいた方が、よっぽど役に立つんですのよ！」

ヘレーナは必死にそう自己弁護する。確かに言っていることは間違っていないのかもしれないし、俺に彼女の言うような知識や能力はないので参考になる。

だが、なんともまあ、身も蓋もない話だ。ギランも呆れて溜め息を吐いていた。

「ハッ、煩《うるさ》い奴がいたら、全部ぶん殴って黙らせておけばいいんだよ。んなみっともねぇ派閥争い、俺やアインは興味ねぇよ」

「……貴方、父親がそれをやった結果、この〈Eクラス〉に叩き込まれることになったのではなくって？」

よせばいいのにまたそう返して、ヘレーナはギランに睨まれていた。ヘレーナはびくっと身を震わせ、俺の陰にさっと隠れる。

……いつかまた、模擬戦のときのような事件が再発するのではないかと、不安で仕方がない。

2

学院の地下室に、大きな金属製の扉があった。周囲の壁には、魔物除けの魔法陣が刻まれている。

「今回の迷宮演習では、四人の班を作ってもらう。地下一階層奥地に出没する、レッドスラッグの火属性の魔石を持ち帰ること、それが課題だ」

トーマスの言葉に、ヘレーナが表情を歪めた。

「ス、スラッグ……」

スラッグとは、蛞蝓《なめくじ》の魔物である。ぬめりけのある太い身体をしており、長い二つの触角を有する。手足はなく地面を這っているだけなのに、何故か異様に速い。

種類が多く存在し、バナナスラッグと呼ばれる真っ黄色の個体から、マーブルスラッグと呼ばれる斑模様を持つ個体、ゴールデンスラッグと呼ばれる黄金の個体も存在すると聞いたことがある。

「私の村では、たまにスラッグを食べてましたね。水抜きしてから漬物にするんです。美味しかったなあ」

ルルリアの言葉に、ヘレーナがドン引きしていた。

「平民の食生活は度し難いですわ」

「私も作り方は知っているので、機会があったらご馳走します！」

ルルリアが得意げにそう口にする。

俺は〈幻龍騎士〉の間、食に華を求めたことはなかった。乾燥パンや干し肉ばかり食していた。料理、という言葉は自分とは縁のないものだった。そのため学院に来てから、見栄えや味を気にして作られた料理の数々には驚かされたものだ。

〈Eクラス〉の学生に出される料理は、他のクラスに出されるそれよりも劣るという。だが、この学院での食事は、俺の大きな楽しみの一つであった。

……ただ、スラッグはちょっと食べられる自信がない。さすがにこの申し出は断りたい。しかし、ネティア枢機卿よりいただいた〈アイン向け世俗見聞集〉には、こんな一節があった。


親交を深めたい相手の好きなものを否定するのは好ましくない。

特に文化、中でも食文化を否定するのは、相手との間に大きな隔たりを作ることになる。

相手の常識や趣向に驚かされることがあっても、まずは恐れずに挑戦し、受け入れる姿勢を見せることが親交を深める鍵となる。


……ここで断るわけには行かない。

「あ、ああ、機会があったら頼む」

「ええ、任せてください！」

ルルリアがにこにこと笑顔で応じてくれた。

「……アイン、貴方、人がいいのはわかるけれど、さすがにもう少し後先を考えた方がよろしくってよ」

ヘレーナが、青い顔で俺へとそう忠告した。

「お前達、今回の迷宮演習は、クラス点の差を縮める、最初の大きな好機になる。今の寮棟で満足していないのなら……卒業時に、ちょっとでも騎士に近いラインに立っておきたいのならば、ここでしっかりと頑張ることだな」

トーマスはそう言って、宙へと指を向けた。

「初歩魔術《ランク1》〈ワード〉」

空中に、光の文字が浮かび上がった。

〈Aクラス〉：279
〈Bクラス〉：229
〈Cクラス〉：191
〈Dクラス〉：169
〈Eクラス〉：139

現在のクラス点だ。どこのクラスも、大きくは変わっていない。大きな実技演習も筆記試験もなかったため、授業中のちょっとしたおまけや減点程度だからだろう。

「今回の迷宮演習は、結果に応じて最大で八十点の加点がなされる。もしも〈Dクラス〉が大きなヘマをすれば、ここで一気に差が縮まることもあり得る、というわけだ。特に今回は、その可能性は高い」

トーマスはそこまで言って、ちらりと俺達の背後へ目を向けた。俺も自然、視線が後ろへと向いた。

ぞろぞろと、学生の集団が俺達の許へと向かってきた。その先頭には、〈Dクラス〉の担任であるエッカルト、そしてカンデラが立っている。

カンデラはすっかり〈Dクラス〉の代表のような面をしていた。エッカルトは蛇のような目で俺達を見回し、嘲笑を浮かべた。

「〈Dクラス〉諸君、話していた通り、今回は劣等クラスとの合同になる。標的であるレッドスラッグの数は、事前に我々教師が調整している。あまり狩り過ぎて、ただでさえ落ちこぼれの劣等クラスからクラス点を奪い過ぎないことだ」

エッカルトが、生徒へと含みのある笑みを向ける。カンデラ達はニヤニヤと笑みを浮かべていた。

……俺としては、迷宮演習を素直に楽しみたいのだが、どうやらそういうわけにもいかなそうだった。また何か仕掛けてきそうな雰囲気だ。

「一応言っておくが、今回の演習は、直接的な妨害は禁止だ。あちらさんの言うようなレッドスラッグの乱獲についてはルール内だが、一年生は学院迷宮に入るのは、この演習が初になる。教師陣が手出しし辛い迷宮内であることもあって、死傷者を出す大事故に繋がりかねないからな。破った場合には、大きな罰則が科せられることも覚悟しておけ」

トーマスが俺達にそう説明する。

「ハッ、今回差が縮まる可能性が高いっていうのは、そういうことか」

ギランは〈Dクラス〉を睨みながら、そう呟いた。

片方のクラスが結果を出せば、もう片方のクラスが沈みやすい。だから差が縮まりやすいと、トーマスはそう言ったのだろう。だが、それだけではない。大敗すれば、大きく差が引き離されることにもなりかねない。

さすがクラス間の競争を煽っているだけはある。早速〈Eクラス〉と〈Dクラス〉をぶつけてきたわけか。

ギランの目は、生徒よりもエッカルトに向けられているようであった。俺が不思議に思ってギランを見ていると、ギランは気まずげにエッカルトから目を逸らした。

「……エッカルトは、親父が嫌いな大貴族と仲がいい。そして、入学時の俺の剣術試験の担当だった」

ギランは複雑そうな表情でそう言った。つまり、ギランがあれほどの腕を持っていながらこの〈Eクラス〉に落ちたのは、エッカルトが直接の原因というわけだ。

「俺が言うと私怨が入っちまうが、エッカルトは血統主義を拗《こじ》らせた差別主義者で、とんでもねぇクソ野郎だ。何するかわかんねェ。アインとルルリアはカンデラの馬鹿が嫌いらしいが、あんなのよりエッカルトに注意しておいた方がいいぜ」

「らしいな。アレは、バレないと思ったらなんでもやるタイプの人間だ」

俺は小さく頷いた。犯罪者を多く相手取って来たため、そういう人間は見ただけで何となくわかる。

俺とギランの様子に、ルルリアが息を呑んで頷いた。

今回の迷宮演習は四人班で行動する。各クラスは十六人なので、四つの班に分かれることになる。

「俺と組むよなァ、アイン？」

ギランから肩を組まれた。

断る理由もない。俺もギランとは仲良くやっていきたいと思っている。

「勿論だ。よろしく頼む」

「まあ、アインとギランが組むのでしたら、私とルルリアも加わりますわよね。仕方がありませんわ、この私の力を貸してさしあげてもよろしくってよ。ヘストレッロ家の、洗練された華麗なる剣技を、間近で見られることを光栄に思うといいわ」

ヘレーナが胸を張る。以前の模擬戦でギランにボコボコにされた記憶は、彼女の中では都合よくなかったことになったようだった。

「ヘレーナとルルリアも、よろしく頼……」

俺が言い掛けたところで、ギランが眉間に皺を寄せてヘレーナを睨む。

「あァ？　俺が認めてんのは、アインだけだ。あんま馴れ馴れしくすんじゃねえぞ。力を貸すだの、テメェ、いつも何様のつもりだ？」

「ひぃっ!?　ごめんなさいですわ！　ごめんなさいですわ！　お、大声で怒鳴らないでくださいませ……！」

ヘレーナが萎縮し、肩を窄める。目に涙が浮かんでいた。ルルリアが彼女の肩を抱いて、落ち着かせていた。

「ギランさん、その、ヘレーナさんが余計なことを口走るのは、親愛表現みたいなものですから……」

「な、何はともあれ、ルルリアとヘレーナもよろしく頼む」

「アインがいいなら、班員については文句ねえよ。後の二人なんざ、誰だっていい」

ギランの言葉に、ヘレーナが怪訝げな目で彼を見る。

「……凶狼貴族というより、主にしか懐かない番犬みたいな殿方ですわね」

「テメェ、馬鹿にしてやがるのか？」

「なっ、なんでもないですわ！　ごめんなさいごめんなさい！」

ヘレーナが頭をぺこぺこと下げる。

「……ゴブリンは死の恐怖を味わっても半日で忘れると言いますが、ヘレーナさんは一分も持たないんですね」

ルルリアが深く溜め息を吐いた。

各班ができあがってから、トーマスが班に一枚ずつ地図を渡した。

「おかしいですわね。学院迷宮の地図にしては、あまりにシンプル過ぎますわ」

ヘレーナが地図を見て首を捻る。

「班を超えた協力や、他のクラスへの妨害を抑制するため、地図には一部のエリアしか記されていない。標的であるレッドスラッグがいる場所が偏っているため、結果的に他の班と合流することもあるだろうが、あまり干渉し合わないように。他の班と地図の情報を共有するのも禁止だ」

トーマスが俺達にそう説明する。なるほど、極力地図のルートに沿って進め、ということらしい。

「二クラスで八班だが、目的のレッドスラッグの数は六体に調整されている。普通に考えても二体足りない上に、奴らはすばしっこい。制限時間は開始より五時間だ。時間も評価に加えるため、各班内で協力して、迅速にレッドスラッグの討伐を行うように」

なるほど、課題をクリアできるのは、八班中最大で六班ということだ。他にもタイムオーバーや、さっき〈Dクラス〉の担任エッカルトが話していたような、妨害目的での乱獲だってあり得る。更に絞られる可能性だってあるわけだ。

俺達がトーマスの説明を聞いている間に、〈Dクラス〉の面々が既に迷宮へと入っていった。

「さあ、行きたまえ。担当クラスの結果が落ち込んだとなれば、学院内での私の面子にも関わる。

お前達のクラス点が〈Cクラス〉に勝てば、私の教え方がいいということになるからな」

エッカルトが生徒達の背へとそう声を掛けていた。

「……おい、エッカルト。公平性を保つため、同時に始めるのが決まりだったと思うが？」

トーマスが顔を顰め、エッカルトを睨み付ける。エッカルトは嫌味な笑みを浮かべ、トーマスの顔を覗き込む。

「何を言っている？　君の劣等クラスが、あんまりに愚図で遅いから、こうせざるをえなかったのだよ。君の手際の問題だ。学院長に気に入られているからって図に乗っていたら、劣等クラスの受け持ちに落とされた、憐れなトーマス君よ」

「説明をしている様子も、地図を配布している様子もなかったが？　公平性のため、迷宮演習の詳細な情報や地図は、直前に生徒達に公開する。そういうことになっているはずだが……」

「言い掛かりを付けるんじゃないよ、劣等クラスのトーマス君。君が苦しい立場なのは、重々承知しているがね」

エッカルトはトーマスの肩を叩き、彼に顔を近づける。

「そんな馬鹿正直なことばっかりやってる無能だから、下級貴族どころか、平民の交じった掃き溜めの担当をすることになるんだよ。これが賢さだ、トーマス君」

エッカルトは声量を落としてそう言うと、高笑いを上げて離れていった。トーマスは眉間に皺を寄せて彼の背を睨んでいたが、短く舌打ちを鳴らした。

俺はトーマスへと近づいた。

「すまない。俺のせいで……」

トーマスが〈Eクラス〉に配属されたのは、俺が原因だったはずだ。学院長のフェルゼンが、俺とネティア枢機卿に気を遣い、信頼のできるトーマスを〈Eクラス〉の担任に置いたのだ。

「それを口に出されちゃ、フェルゼン学院長の首が飛ぶぞ。お前さんの義理の親は、相当おっかない人だと俺も脅されてるからな」

トーマスが小声で呟いた。

ネティア枢機卿のことだろうか？　少し厳しいくらいで、任務が絡まなければ身内には基本的には優しい人なのだが……。

「担任の質が、クラスによって分けられてるのは事実だ。〈Aクラス〉、〈Bクラス〉には、次代の王候補が来たりだってするんだからな。高いクラスに配置されることを、そのままステータスだと考えてる奴もいる。だが、俺は別にそんなもんは気にしねーよ」

なるほど……上位貴族に失礼な真似はできないため、自然と少しでもいい教師を、ということになるのだろう。

しかし、そこから考えると、事情があって回されたトーマスではなく、エッカルトが〈Eクラス〉を任されるはずだったのではなかろうか……？　いや、エッカルトは平民や下級貴族が嫌いなはずだとギランも言っていたので、そう考えるとフェルゼンがさすがに外すかもしれないが。

「何にせよ、これ以上出遅れるわけにはいかんな。説明は手短ではあるが、既に終えている。質問のない奴は、すぐに班員と共に迷宮へ入れ」

3

俺達はレーダンテ地下迷宮の通路を進む。迷宮内は〈深淵〉のマナの影響により、明るくなっている。

「私、〈Dクラス〉の連中にむかっ腹が立って仕方がなくってよ！　ねえ、アイン！　連中の鼻をへし折ってやりましょう！」

ヘレーナは憤慨を露にしながら、前へ前へと進んでいく。ルルリアが急ぎ足でその後を追い掛ける。

「へ、ヘレーナさん、魔物だっているんですから、危険ですよ。警戒して進まないと……」

「わかっていないわね。最初の演習なのだから、どうせ大した魔物はいないはずでしてよ。ただでさえ学院迷宮の地下一階なんて魔物が訓練で狩られているはずですし、指定された経路やエリアも、安全な場所のはずですわ。それに、ゆっくりしていたら、〈Dクラス〉の連中に追いつけませんわ！」

ギランがヘレーナの背を眺め、欠伸を吐き出した。

「やる気出ねえなァ。確かに俺は、エッカルトや〈Dクラス〉の連中は嫌いだ。だからって、演習頑張りましょうって気にはならねぇな。魔物がしょっぱいのはわかってるし、ただの駆けっこみたいなもんだろ。連中はどうせ地図だって事前に読み込んでやがっただろうし、魔物の情報も知ってんだろうな。仮に俺らの班だけ勝っても、他の班は全滅だろうよ。クラス点なんか、ただの上が凄いってやるための見せモンで、覆せる前提のもんじゃねぇんだよ」

ギランは明らかにやる気がなさそうだった。ヘレーナはムッとした表情で振り返った。

「そっ、そうかもしれませんが……少しでもいい結果を出して、あの方々の鼻を明かしたいとは思いませんの！」

「ハッ、くだらねぇな。俺は別に、こんな演習に必死こかなくったって、学院迷宮だけ確認できればそれでいい。いずれ申請が通って出入り自由になりゃ、いい訓練場になるからな。なァ、アインもそう思うだろ？」

ギランが俺に話を振ってきた。

「……いや、俺は皆で協力して結果が出せれば、いい想い出になるかなとちょっと考えていたんだが」

俺は肩を窄めながら、考えていたことを口にした。

せっかくだから、一つの学院行事である迷宮演習を班で乗り切って、何か結果が出せれば楽しいかなと、そう考えていたのだ。だが、ギランが乗り気でないなら無理強いはできない。

この学院は〈Eクラス〉に厳しく、徹底して不利な状況を強いてくる。その上にエッカルトの卑怯な一手によって、更に不利な状態に追い込まれてしまったのだから。気持ちが萎えるのも当然である。

「おい、女共！　たらたら走ってんじゃねえ！　〈Dクラス〉ぶっちぎって、レッドスラッグをブチ滅ぼすぞ！　アインが乗り気だろうが、足引っ張んじゃねえぞ！」

ギランはさっきまでの意見を翻し、大声で前の二人へとそう怒鳴った。足を速め、前の二人に並ぶ。

「……貴方、アインのこと、ちょっと好きすぎなんじゃゃなくって？」

ヘレーナが若干引いたように、ギランへとそう零した。

その後、全員〈魔循《まじゅん》〉の身体強化を行いながら、迷宮の通路を走った。一番足の遅いルルリアに合わせつつ、先へと急ぐ。

「ルルリア、もっと速度は出せねぇのかァ！」

「すっ、すいません……魔技も領主様の厚意で学んだんですが、さっぱりなんです……」

ルルリアが息を切らしながら走る。

「はぁ……ルルリアは、本当に駄目ですわね。ギランも私も騎士の名門の出、アインは平民ながらに多少は剣の腕が秀でていますけれど、ルルリアは学院のために急ごしらえで扱かれただけですものね。仕方がありませんせん、私が貴女の尻拭いをしてさしあげますわ」

ヘレーナが少し嬉しそうに言う。自分より下が見つかったと喜んでいるのかもしれない。

ただ、ルルリアは魔術に長けており、火と水の二重属性《デュアル》でもある。剣術試験を無難に乗り切り、魔術試験で結果を残したのが評価されたのか、ギランと並んで〈Eクラス〉内での成績はトップである。ヘレーナは最下位である俺の一つ上だ。

俺は速度を落とし、ルルリアに並んだ。

「軽く背を押しながら行くから、体重を預けて、バランスを取るようにしてくれ。なるべく地面を蹴って、スキップするように前へと出るんだ。それで体力を温存しながら、速度を上げられるかもしれない」

「が、頑張ってやってみます！　でも、そこまでしてもらったら、アインさんも大変なのでは……？　わ、わわわっ！」

俺はルルリアの背を押しながら、〈魔循〉で速度を上げる。あっという間に先頭のギランへ並んだ。

「さすがアインだ！　もっとペース上げても行けそうだなあア」

ギランが笑みを浮かべる。ただ、俺達の少し後ろで、ヘレーナが必死に喘いでいた。

「ぜぇ、ぜぇ……！　あ、あの、限界ってわけじゃ、ないけれど、ぜぇ、このくらいにしておいた方が、よろしいんじゃなくって？」

4

迷宮の通路の先に、緑の醜悪な小鬼が四体並んでいた。

ゴブリンだ。全員が手に棍棒を構えており、俺達を睨み、薄気味悪い笑みを浮かべている。

「小鬼級《レベル2》の魔物が、四体も……！　アインさん、交戦しますか？　それとも、遠回りしますか？」

ルルリアが俺に尋ねる。

「四体は、少し不味いですわね……。レッドスラッグを追う必要もありますし、帰りも考えると、ここで消耗するわけにはいきませんわ。遠回りをしましょう」

ヘレーナがそう言った。

だが、ギランは引く様子を見せなかった。

「アイン、右の二体を任せるぜ！　こんなところで、タイムロスしちゃいられねぇだろ！」

ギランは一方的にそう言うと、俺の返事を待たずに前へと飛び出した。

「そうだな。ここは突っ切るか」

俺もギランに続けて前に出て、剣の一閃を放つ。二体のゴブリンを纏めて斬り、素早く剣を鞘へと戻した。上下に二分された二体のゴブリンの死体が、床を転がり、その血を周囲へ散らした。

俺はギランの方を見る。彼も既に、自分で引き受けた二体のゴブリンを倒し、剣を鞘へと戻しているところだった。片方は首を、もう片方は胸部を深く斬られ、迷宮の床にぐったりと横たわっていた。

「さすがアインだなァ、そんなナマクラで、骨までばっさり斬れちまうなんてよォ！」

ギランの言葉に、俺は苦笑いを返した。

褒めてくれているのはわかる。ただ、確かに王都で適当に見繕った剣ではあるが、それなりに気に入っているんだがな……。

「そ、そこまで強かったんですの、アイン……」

ヘレーナはゴブリンの綺麗な切断面を眺め、そう零した。

「ギランさんも……前の模擬戦の授業のときより、更に剣が鋭くなってる」

ルルリアがごくりと息を呑んだ。

「ハッ、アインに稽古付けてもらってっからなァ。オラ、足止めてんじゃねえぞ！　ゴブリンの魔石なんざ、わざわざ取ったって大した価値にもならねぇからな。先を急ぐぜ」

ギランはルルリアを振り返り、上機嫌な様子でそう口にした。

「フ、フフ、これなら余裕ですわね……！　最初の迷宮演習でいきなり危険な魔物が出てくるような場所を探索させられるとは思えませんし、出てくる魔物はせいぜい今のレベルくらい。アインとギランがいれば、全く問題になりませんわ！　これなら本当に、〈Dクラス〉の連中の鼻を明かしてやれるかもしれませんわ」

ヘレーナが弾む声でそう言った。俺もなんだか嬉しくなって、笑みが零れた。

多少贔屓があるとはいえ、〈Dクラス〉の生徒の地力は〈Eクラス〉を上回っているはずだ。加えて、エッカルトの卑劣な作戦によって、〈Eクラス〉はかなりの不利を背負わされている。

しかし、ここまではかなり順調に進んでいる。討伐対象のレッドスラッグが出てくるエリアも近いはずだ。

「ん……なんですの、アレ？」

ヘレーナが素っ頓狂な声を上げる。通路の先に、黒い光沢のある石が落ちていたのだ。

「闇属性の魔石か？　それなりにサイズがあるな。なぜこんなところに……？」

俺は走りながらも、顎に手を当てて考えた。

確かに迷宮には魔石が転がっていることもあるが、それは採掘が進んでいない、未開のエリアに限るものだ。それに、あれくらい大粒の魔石であれば、瘴気が結晶化した際に受肉し、魔物化しているはずだ。

教師が落としたのだろうか？　しかし、こんな大きなもの、滅多に落とすものではないと思うが……。

更に近づいたとき、魔石に傷が付いているのが見えた。

いや、これは、ただの傷ではない！　マナを込めて刃で刻んだ、呪印文字《ルーン》だ！

呪印文字《ルーン》とは、魔石に文字を刻んで発動する魔術、もしくはその文字そのものを示す。

「魔物寄せの呪印文字《ルーン》……」

俺は足を止め、魔石を拾い上げて一応確認する。

間違いなかった。だとすれば、既に囲まれている。

俺達の周囲に、十つの黒い影が浮かび上がった。影は蜘蛛の輪郭を象り、俺達を囲む。

影に潜む大蜘蛛、スキアーだった。

「む……スキアーが出るのか？」

スキアーは複数で出現すれば、一般騎士でも苦戦しかねない相手だ。低階層の、それもこんな学院迷宮でいきなり出るような魔物だとは思えなかった。

呪印文字《ルーン》には、それなりに大粒の闇属性の魔石が用いられていた。あれに引き寄せられ、本来この階層には立ち入らないスキアーが寄ってきていたのだろう。

スキアー達は音を立てずに動き、俺達へとゆっくり近づいてくる。

「レッ、中鬼級下位《レベル3》の魔物です！　それも、こんなに大群で！　ど、どうして……こんなの、一年生の演習のレベルを遥かに超えている……」

ルルリアが真っ蒼な顔で剣を構える。だが、手が震え、まともに握れないでいるようだった。ギランも冷や汗を垂らしながら、スキアー達へ剣を向けていた。

「チッ、なんでこんなのがいやがるんだよ！　俺とアインで引き付けるから、お前ら二人は逃げろ！」

「わ、私だって、戦えます！　魔術には自信がありますから！」

ルルリアが剣を構える。ヘレーナはギランの言葉に一瞬逃げようとしていたが、ルルリアの様子を見て、震える手で剣を構えた。

「やや、やってやりますわ！　逃げるときは、皆さん一緒に、ですわよ！」

「ふむ……迷宮演習は、思ったよりも厳しいんだな。これは少し、配置ミスだと思うんだが。一般騎士でも死傷者が出かねないんじゃないのか？」

俺は顎に手を当てて、呟いた。

「えっ、演習なわけがありませんわよ！　手違いか、落とし物かはわかりませんけれど、演習内容ではないことだけは確かですわよ！」

ヘレーナが俺へと叫ぶ。そのとき、俺達を囲んでいたスキアー達が一斉に動き出した。

ギランがスキアー達の群れに飛び込み、ルルリアが炎の魔術を放つ。ヘレーナは泣きじゃくりながら、出鱈目に剣を振っていた。

俺は呪印文字《ルーン》の刻まれた魔石を宙に投げ、剣の柄で叩き壊した。ひとまずこれから潰す必要がある。この魔石があれば、いくらでも魔物を引き寄せることになる。

その後、俺はスキアーの群れへと斬り掛かった。ヘレーナの近くにいた個体を斬り、次にルルリアの魔術を搔い潜って接近していた個体を斬る。

ギランと交戦していた二体のスキアーを斬り、残っていた個体へと剣を向けた。二体はびくりと身体を震わせ、素早く闇に溶けるように逃げていった。

ヘレーナとルルリアは、茫然と固まっていた。

「か、下位とはいえ、中鬼級《レベル3》の魔物の群れが、一瞬で……」

「強いとは思っていましたけれど……アイン、貴方、ここまで出鱈目でしたの？」

俺は剣を鞘へと戻し、深く息を吐いた。

「俺も油断していた。迷宮演習は、思いの外レベルが高いんだな」

「そんなわけありませんわ！　あんなのと正面から戦わせられていたら、生徒どころか教師だって死にかねませんわよ！　貴方、少しズレてるんじゃなくって!?」

ヘレーナが懸命に俺へと説明する。

やっぱりそうか……。いや、俺も少しはおかしいとは思っていた。

「さすがアインだ。あれだけ相手にして、ものともしてねぇとはよ」

「ギランさんは、どうしてさも当然のことのように語っていられるんですか……？」

ルルリアはギランへそう突っ込みながら、通路に落ちた魔石の欠片を拾い上げる。

「これが、悪さをしていたんですか？　さっき、魔物寄せの呪印文字《ルーン》だって、アインさんが口にしていましたけれど……」

俺は頷いた。

「間違いない。それが魔物を引き寄せていたんだ。この階層にいる魔物の魔石の大きさじゃないから、下階層か外部から持ち込まれたんだろう」

ギランが顔を顰める。

「クラスの班ごとに、経路や推奨エリアは指定されてる。教師陣なら、別のクラスのルートも把握してたはずだ。……まさか、エッカルトが、俺らを貶めるために仕込んでやがったのか？　もしそうだとしたら……ただの嫌がらせじゃやすまねえぞ」

……〈Dクラス〉の担任、エッカルト、か。確かに、嫌な雰囲気の男だった。しかし、たかだかクラス対抗の演習程度で、ここまでやってくるものなのだろうか。

5

魔物寄せの呪印文字《ルーン》があった以上、この迷宮に他に何か仕掛けられていてもおかしくはない。俺達は速度を落とし、極力纏まって通路を移動していた。

「浮かねぇ様子だなァ、アイン」

ギランは俺の表情を窺い、声を掛けてくる。

「ああ……。他の通路にもあの罠が仕掛けてあるのなら、クラスの連中が大丈夫かと思ってな」

「流石にエッカルトだって、そこまではしねぇはずだ。魔物寄せの呪印文字《ルーン》を複数個所に仕込んでりゃ、エリア関係なくこの迷宮自体が滅茶苦茶になっちまう。それに、大騒ぎが起きてあの呪印文字《ルーン》が迷宮の中から見つかれば、言い逃れだってできなくなるだろ」

それはギランの言う通りだ。スキアーの恐ろしさは、群れるところとその隠密性の高さだ。

目立つ魔物であれば進路妨害程度で済むが、あれでは死者を出しかねない。何人も死亡者が出れば、エッカルトの立場の方が危なくなる。

「……恐らく、狙いは俺だ。俺の実力が〈Eクラス〉の中で抜き出てるのは、試験官だったアイツが一番よく知ってるはずだ。放置すりゃあ、〈Dクラス〉連中より早く演習を突破すると思ったんだろ。それに、エッカルトのクソは、俺のことが嫌いだからな」

ギランが忌々しげに口にする。

そう考えた方が辻褄が合うのは事実だ。しかし、それでは腑に落ちないことがある。

「で、ですけれど、班を組んだのは直前ですのよ？　私達の班のルートに、ピンポイントで呪印文字《ルーン》を仕掛けるなんて、できるはずがありませんわ」

そう、ヘレーナの言う通りなのだ。班組みが終わって地図を受け取ってからルートが確定したのだ。ずっと迷宮の外にいたエッカルトが呪印文字《ルーン》を仕掛けることなんてできるわけがない。

「指示したのがエッカルトでも、実行犯は別にいるってことだな」

考えればすぐにわかることだった。〈Dクラス〉の連中は、事前に迷宮演習の詳細を聞いて班分けを済ましていたはずなのに、出発したのは俺達の班決めが概ね纏まり、地図が配られた後だった。もっと早くに動けていたはずなのに、だ。

恐らく、ギランの加わった班が、どこの地図を配られるのかを確認していたのだ。つまり、呪印文字《ルーン》を仕掛けたのは、エッカルトの指示を受けた〈Dクラス〉の生徒だったのだ。

「アインさん、そろそろレッドスラッグのいるエリアに着きます！」

ルルリアが、地図に目を落としながらそう言った。

そのとき、何かが風を切る音が聞こえてきた。

「全員、足を止めろ！」

俺の言葉に、三人がその場に留まった。飛来してきた火の玉が、俺達の前方へと落ちる。

カツン、カツンと、複数の足音が響いてくる。

「やっぱりだねぇ、アイン。君ならあの罠も突破するんじゃないかって、危惧していたんだよ。いや、期待していたと、そう言うべきかな？」

嫌味な顔付きの、赤髪の男が向かってくる。カンデラだ。

エッカルトの指示を受けて、俺達を嵌めようとしていたのはカンデラだったらしい。カンデラの横には、いつも通りというか、デップが並んでいる。

「何せ、この僕に舐めた真似をしてくれた……平民のクズ二匹を、直接叩き潰せるんだから。僕が〈Dクラス〉配属になった怨み、忘れちゃあいないんだよ。僕の人生に傷を付け、カマーセン侯爵家の名に泥を塗った。この罪を、まだ贖《つぐな》ってもらっちゃいないからさぁ！」

カンデラは殺気の籠った目で俺を睨み、鞘から剣を抜いた。

しかし、逆恨みもいいところだ。カンデラが〈Dクラス〉配属になったのは自業自得という他な

い。家名に泥を塗ったのも彼自身と考えるべきだろうに。

「ハハハ！　クズ同士、馬鹿のギルフォード家の子息と仲良くやってくれててよかったよ。お使いついでに、報復ができるんだからさ！」

カンデラが高笑いをする。やはり、エッカルトの指示でカンデラが動いていたようだ。

「今回の演習で、生徒間の直接妨害は禁じられています！　手出しすれば、罰則だってあるんですよ！　わかっているんですか！」

ルルリアがカンデラへと訴える。

「フッ、どこまでもおめでたいね。僕はカマーセン侯爵家の人間だよ？　君達みたいな、平民や下級貴族とは違う、尊き生まれなんだよ。僕に罰則を科すというのは、カマーセン侯爵家に刃向かうことに等しい。この学院に、僕を裁ける教師がいると思うかい？　僕がなかったと言えば、それはなかったことになるのさ。君達がどれだけ主張したって、ね。これが格の違い……君が喧嘩を売った相手だよ、アイン。わかるか？」

カンデラが口端を大きく吊り上げ、目を細める。

「そ、そんな……」

ルルリアが絶望した声を漏らす。

もっとも、ルルリアが、侯爵家くらいであれば、ネティア枢機卿の逆鱗に触れれば即日取り潰しになってもおかしくはない。実際、そういう前例はある。無論、極力頼るなとは言われているし、そうするつもりもないのだが……。

「テメェら、たった二人で敵うと思ってんのかァ？」

　ギランがカンデラを睨む。カンデラはわざとらしく肩を竦め、首を横に振った。

「誰が、二人だと？　早とちりかい？　これだから劣等クラスは……」

　カンデラの後ろから、ぞろぞろと六人の学生が現れた。全員ニヤニヤと笑いながら、手に剣を構えている。

「あの魔石で確実に潰せるとエッカルト先生は言っていましたが、当てにならないものですね、カンデラさん」

「早いところ終わらせましょうぜ。何せ、俺らは既に、魔石の回収は終わって、戻るだけなんですから」

　一班の人数ではない。最初から迷宮内で合流し、二班で行動していたのだろう。地図の情報もここに来る前から共有していたとすれば、なんでもやりたい放題だ。

　どうせエッカルトも、目を瞑るどころか端からそう指示していたのだ。担当クラスが優秀な成績を修めれば、担任教師である自身の評価にも繋がると考えているのだろう。

「魔物で散々疲弊したところを、僕らが集団で叩くというわけだ。どうだい？　賢いだろう？　劣等クラスの馬鹿にはできない頭脳プレイだと思わないかい？」

「そうだそうだ！　権威も頭もないお前らには、できない戦い方だろう！」

カンデラに続き、デップがそう囃し立てる。

「ハッ、理屈こねてあれこれ並べ立てても、結局はアインが怖いから散々卑怯な手を取ってるだけじゃねぇか。卑屈な野郎共だぜ」

ギランの一言で、カンデラの表情が一気に引き攣った。カンデラは以前、俺に完敗している。図星だったのだろう。

「確かに……」

デップは手で口許を覆い、深刻そうな表情で小さく零した。

カンデラはデップを険しい表情で睨み付けた後、手にした剣の先を床へと叩きつけた。金属音が迷宮の通路に響く。

「一気に掛かれ！　劣等クラスのクズを血祭りに上げて、わからせてやれ！」

カンデラの指示に従い、〈Dクラス〉の四人の生徒達が先行して斬り掛かってくる。

「ハハハハハ！　散々疲弊したところに、四対八だ！　倍の戦力差だぞ、勝てるわけがないだろうが！　劣等クラスが余計な希望なんて持てないように、ここで徹底的に潰してやるよ！　三年間、地の底のクラス点を彷徨っているといい。それが君達には相応しい！」

俺の左右を取った生徒が、同時に斬り掛かってくる。

俺は屈んで片方を転ばせ、もう片方を剣の柄でぶん殴った。大きく振りかぶってきた三人目の胸元を手刀で突いた。

四人目は、茫然と剣を構えたまま、俺へと近づけなくなっていた。

「きさっ、君達！　何をしてる！　相手は、手負いの劣等クラスだぞ！」

カンデラが倒れた学生達へと声を荒らげる。

学生の一人が剣を拾おうとしたため、剣を蹴飛ばした。飛んでいった剣は、綺麗に刃を壁に突き立てる。

「どうした？　一対八でやるか？　カンデラ、お前が恨みがあるのは俺だろう？」

カンデラは壁に突き刺さった剣を振り返り、顔を青くしていた。

「カ、カンデラさん、おかしいんです……」

床を這う学生の一人が、カンデラへとそう訴える。

「何……？」

「だって、かなり強力な呪印文字《ルーン》を仕掛けたはずですよね……？　なのにこいつら、一人だってまともに負傷してません……」

迷宮内は瘴気のマナで多少灯りがあるとはいえ薄暗い。近づくまで、俺達の学生服がまともに汚れてさえいないことに気づけなかったのだろう。

「は、はぁ!?　そんなわけがないだろ！　闇属性の魔石は、闇属性のマナを持つ、奇襲性に優れた魔物を寄せるんだ！　逃げ切れたはずがない！」

カンデラが必死にそう叫ぶ。まるで仲間を説得しようとしているようだった。いや、カンデラが一番安心させたいのは、仲間ではなく自分自身だろう。

「簡単なことだ。その魔物なら、既に全て討伐済みだ。時間が掛かるので、魔石の回収はしていないがな」

「はぁあああっ!?」

カンデラが表情を引き攣らせ、大きく後退った。

「で、できるわけがない！　そんなこと……！」

「この状況でも、まだそんなことが言えるのか？」

俺は剣を握ったまま、カンデラへとゆっくり近づく。

「う、うぐ……っ、強がったって無駄だ！　ここまでで相当疲弊してるはずだ！　やってやる……やってやるぞ、なぁ、君達！」

カンデラが残る三人の仲間を振り返る。丁度そのとき、内一人をギランが剣で叩きのめしたところだった。カンデラが目を見開く。

「こんな奴でも〈Dクラス〉か。〈Eクラス〉の方でよかったぜ、生徒も教師も含めて、こっちの方がずっとマシだからなァ。〈Dクラス〉は、実力のない口煩い貴族を閉じ込めておくための檻か？　なぁ、猿山の大将よ」

「下級魔術《ランク2》〈ファイアスフィア〉！」

ギランに注目が集まった瞬間に、ルルリアがカンデラへと魔術を放った。

「チッ！　不意打ちとは、平民は小賢しい……！」

カンデラは横へ跳んでそれを回避する。だが、カンデラの奥にいた学生へと、炎の魔弾が直撃した。ギランに気を取られていたこともあるが、カンデラで隠れて魔術の軌道が見えていなかったのだ。

「うぶぅっ！」

衝撃に飛ばされ、床に引っ繰り返る。

「あ、当たってよかったです……」

ルルリアがほっと息を吐く。

続けて、ヘレーナがデップへと斬り掛かった。

「一気に畳み掛けてさしあげますのよ！」

デップは一瞬反応が遅れたものの、素早く刃を頭上に回してガードした。

「よく間に合いましたわね……！　見かけに寄らず、俊敏ですこと！」

「強い、この女……！　恐らく、この中で一番……！　カンデラさん、残りの三人は任せました！」

カンデラは、この世の終わりのような表情で周囲へと目を走らせる。

ルルリアはカンデラへと剣の先を向けた。ギランは剣を持つのとは逆の手の指を曲げ、関節を鳴らす。

「まっ、待て、待て待て待て！　卑怯だぞ！　一対三で襲い掛かるなんて！　騎士を志す者なら、一対一で決着を付けようじゃないか！」

ギランとルルリアが、ジリジリとカンデラへと迫る。

「ハ、ハハッ！　それとも、下級貴族と平民のごった煮の君達に、そんな矜持は持ち合わせていないかな？　んん？」

カンデラはせいいっぱい口端を吊り上げて笑みを作り、俺達を小馬鹿にしたようにそう言った。挑発して活路を見出《みいだ》そうとしたのだろう。だが、笑顔は強張っており、顔は脂汗に塗れていた。

「お前がそれを言うのか……」

俺は溜め息を吐きながら、カンデラへと剣を構えた。

「決闘が好きなら、一対一でやってやろう。来い、カンデラ、お前との因縁に決着をつけてやる。それでお前が納得するのならな」

「い、いいさ、やってやる、やってやるぞ……！　ぼ、僕は、カマーセン侯爵家の人間だ！　君みたいな平民に負けるものか！」

カンデラの気が変わった。恐らく、前回同様に〈軽魔《けいま》〉で飛び込んでくるつもりだ。

カンデラが地面を蹴り、一直線で駆けてくる。前回よりも速い。

ただ、型が崩れている。恐らく、技量が全く追い付いていないのだ。

斬り込んでみるまでどうなるかわからない。格上相手に一矢報いるための、神頼みの技だった。

頭を垂れ、両手で剣を突き出すその構えは、祈りにも似ていた。

「悪くない選択だ」

俺はカンデラの刺突を、半歩引いて躱した。前に垂れた髪を、僅かに剣先が掠める。俺はカンデラ本人でさえ制御できていない動きを、完全に捉えていた。

「だが、小細工で埋まる差じゃない」

俺は刃に刃を絡め、カンデラの剣を搦《から》め捕り、上方へと飛ばした。カンデラは盛大にその場で倒れ、床を転がっていった。彼の剣は、天井に当たって床へと落ちた。

カンデラは全身を打ち付けて呻き声を上げていたが、よろめきながら立ち上がった。手に剣がないことに気が付くと、慌てて周囲へ目を走らせる。

「捜し物はこれか？」

カンデラは俺の言葉に、ようやく自身の剣が俺の許にあることに気が付く。助けを求めるように周囲へと目を向け、ヘレーナと打ち合っているデップ以外にまともに戦える仲間がいないことに気が付くと、力なく壁に凭《もた》れ掛かった。

「ここまでだな、カンデラ」

「ここまで……？　ふ、ふふふ、僕はね、〈軽魔〉には自信があるんだよ」

「ふむ？」

俺が言葉の真意を測りかねていると、カンデラは俺達とは逆側の通路へと跳んだ。このまま〈軽魔〉の全力で逃げるつもりらしい。

「これで勝ったと思うなよ！　アイン……この屈辱は、必ず百倍にして返してやる！　カマーセン侯爵家の名に懸けてだ！」

俺は〈軽魔〉で追い掛け、一瞬でカンデラの背後へと回った。

「自分にしかできないと思ったのか？　〈軽魔〉は騎士の基礎歩術だ」

「ご、五メートル以上あったのに、い、一瞬で……？　な、何の魔術だこれは！」

喚くカンデラの顎を、刃の腹で軽く弾いた。カンデラの身体が壁へと叩き付けられ、へなへなと床に倒れた。

「よく考えたら、別に追い掛けなくても逃がせばよかったな」

別に俺達は自衛できればそれでよかったのだ。だが、逃げられたから咄嗟に追い掛けてしまった。

6

ヘレーナの剣とデップの剣が、何度目になるかわからない衝突を見せる。力では僅かにデップが、速さではヘレーナが僅かに勝っている。実力はまったくの互角といったところだ。

互いに相手の刃を弾いて間合いを取る。両者共に肩で息をしている。次で決着がつく。そういう予感があった。

「劣等クラスに、ここまでの使い手がいたとは……。エッカルト先生も、カンデラさんもマークしていなかった、下級貴族の女が、まさかここまで」

「私こそ、侮っていましたわ。ですけれど、クラスの仲間のためにも、ここで負けるわけにはいかないのですわ」

俺とギランは、熱を込めて二人の戦いを見守っていた。

「……あの、アインさん、ギランさん、割り入って助けた方がいいんじゃないですか？」

俺は静かに首を横に振った。俺達が横槍を入れてデップを倒すことはできるだろう。だが、それは、二人の戦いを穢す無粋な行為だ。

「チッ、ヘレーナの奴……ここまで実力を付けていやがったのか。俺と戦ったときは、力を隠していやがったな」

「ギランさん、あの……互角の勝負だから、それっぽく見えるだけではありませんか？　場の空気に呑まれていませんか？　確かにヘレーナさんは剣の腕はそれなりに立ちますが……ギランさんが一蹴したときから、多分大きくは変わっていませんよ？」

ルルリアがギランへと声を掛ける。

「デップ・デーブドール……。デーブドール子爵家の次男だ」

デップが改めて家名を名乗る。ヘレーナが僅かに目を見開いた。

「そう……貴方、デーブドール子爵家の人間だったのね……。噂はかねがね聞いているわ。あまり功績は立てていないし、ついている貴族派閥も大抵風向きは悪いのに、何故かいつも最終的にはそこそこいい立ち位置で終わっている、豪運の一族……」

「……それって、強いんですか？」

ヘレーナの言葉に、ルルリアが無粋な突っ込みを入れる。ギランが真剣な表情で、ルルリアを目で制した。

「名乗るがいい、女」

「ヘレーナ・ヘストレッロ……ヘストレッロ騎士爵家の第一子よ」

「まさか、あの伝説の剣豪ヘブルナ・ヘストレッロの末裔……!? 道理で……！」

ヘレーナは寂しげな笑みを湛え、ふっと儚げに息を吐いた。

「……に憧れて、父が付けた家名よ」

ヘレーナの家は騎士爵だ。彼女は二代目であり、ヘストレッロ家の歴史は短い。ヘブルナ・ヘストレッロは三百年前の人物なので、ヘレーナと接点があるとは考えられなかった。

「なるほど……」

何に納得したのか、デップは深く頷く。

「何ですかこの茶番……」

ルルリアの零した言葉と同時に、二人が同時に斬り掛かった。剣が交差し、二人が硬直する。

デップの身体が、床へと崩れ落ちた。激戦を制したのはヘレーナだった。

ヘレーナは深く息を吐き、剣を鞘へと戻した。

「強敵でしたわ、デップ・デーブドール」

　こうして、カンデラ一派との迷宮演習での戦いに決着がついた。

「見事な戦いだったぞ、ヘレーナ」

「そ、そうかしら？　ま、まぁ、なかなかの強敵でしたけれど、私には一歩及びませんでしたわね」

　ヘレーナはそう気丈に振る舞ってみせる。ギランも満足げに頷いていた。

　ルルリアだけが、腑に落ちなそうな表情で倒れたデップを眺めていた。だが、すぐに首を振って表情を切り替え、顔を上げた。

「しかし、どうしましょう……。この、〈Dクラス〉の方々。ここは魔物だって出るでしょうし」

「放っとけばいいだろ。こんなクソヤロー共」

　ギランはカンデラの頬を踏みつけ、顔の向きを変える。白眼を剥き、涎を垂れ流していた。

「そう強くはやっていない。数人は、意識が直ぐに戻るさ」

　そのとき、カラン、と物音が鳴った。ギランが蹴飛ばしてカンデラの身体が傾いたため、持っていたものが揺れたらしい。目を落とせば、麻袋が腰に括りつけてある。

　ギランは麻袋を拾い上げ、それを紐解いた。中から、小さな赤い魔石が六つほど出てきた。レッドスラッグの火属性の魔石だ。

「チッ！　こいつら、集団で挑んで速攻でガメてやがったな。もうレッドスラッグなんか滅んじまってるだろ」

「かなり早めに来てたんだな。まあ、全部のエリアを把握していれば、そのくらいの差は出るか」

「戦利品としていただいていきましょう。そのくらいの権利はあるんじゃなくって？」

考えることがセコい……。

だが、確かに、それくらいやっても罰は当たらないだろう。こっちは散々〈Dクラス〉にやりたい放題されて、迷惑を被って来たのだ。おまけに〈Dクラス〉が手を組んで乱獲したせいで、迷宮演習自体が破綻してしまっている。

「これはいただいておくか。エッカルトが狙っていたのは俺達だけのはずだが……一応、他の班の様子も見に行こう。積極的に他の班と干渉し合うなとは言われていたが、こうなった以上は今更の話だ。それに、このまま他の班が〈Dクラス〉の策略で全滅っていうのも、面白くないからな」

俺はそう言って、奥の通路へ目を向けた。レッドスラッグの出没するエリアをうろついていれば、必死に捜し回っている他の班とも合流できるはずだ。

「今更ですけれど、ここまで一方的にやって、大丈夫だったでしょうか？　また何か、報復を企ててくるかもしれませんね……」

ルルリアは心配げにカンデラの顔を見つめる。

カンデラの粘着質な性格は、ルルリアが一番理解していることだろう。それに、自尊心と選民意識の塊であるエッカルトが、逆恨みして何らかの報復を企てないとも限らなかった。

「降りかかる火の粉は払うだけだ。心配しなくても、こんな馬鹿共に後れは取らねぇよ。それにだ、今回、これだけ仕掛けて一切いいとこ無しで終わったんだ。力の差はわかっただろうよ。それがわからずにまた楯突いて来んなら、今度は二度とアインに頭が上がらなくなるまでボコボコにしてやらァ」

ギランはカンデラの腹部を踏みつけ、彼の顔に唾を吐いた。

確かに、カンデラは魔物の罠を仕掛け、数の利で俺達を叩きのめそうとしたのだ。それに失敗したのだから、現状カンデラが俺達に打てる手がそもそもなくなったと思っていい。

「とっとと魔石ばら撒いて、この迷宮演習を終わらせようぜ。突破時間も成績に関与するらしいからな。ハッ、退屈だと思ってたが、馬鹿が騒いでくれたお陰で、ちっとは張り合いができたじゃねぇか」

ギランはそう言うと、地下一階層奥の、レッドスラッグの出没エリアへと向かう。俺達もそれに続いた。

7

レッドスラッグの出没エリアに到着した俺達は、〈Eクラス〉の班を探した。無事に合流できれば〈Dクラス〉が行っていた妨害工作などの事情を説明し、カンデラから巻き上げた魔石を配って回った。

クラスの他の三つの班全てに配り終えた後は、互いの地図に記されているルートで帰ることにした。そうして俺達は、教師達の待っている迷宮の入口部分へと戻った。

入口部分では、エッカルトが落ち着きなく行ったり来たりしている。魔導書を手にしているが、明らかにそちらに意識が向いていない。

「おかしい……とっくに戻ってきてもおかしくはないはずなのだが……。ただでさえ不利なのに、こんな調子ではまた上位クラスと差を付けられかねないぞ」

カンデラ達が真っ先に戻って来ると信じて疑っていないようだった。

「フフン、終わってみれば楽勝でしたわね！　このヘレーナには、少々手緩い演習でしたわ」

「連中の妨害込みで、な。さっさとこんなドベ争いは卒業して、〈Aクラス〉の奴らとぶつかりてえもんだ」

ヘレーナとギランが、自身らの帰還を知らせるように大声でそう言った。

トーマスが俺らの許へと向かってくる。ヘレーナは自信満々に、保管していた火属性の魔石をトーマスに見せた。

「戻って来たか。その魔石……間違いない、レッドスラッグのものだな。今回の演習……一番早かったのは、お前達の班だ」

「さすがに〈Dクラス〉の生徒が先に来ているかと思ったが、まだなのか」

カンデラ達がレッドスラッグを狩り尽くしたせいか。恐らく、本当はカンデラ達が別の二班に接触し、乱獲した魔石を渡す手筈だったのだろう。それがカンデラ達が俺達と衝突して魔石を全て失ったため、残る二班も予定が狂ったのだ。

エッカルトは俺達がトーマスへと報告するのを、真っ赤な顔で睨みつけていた。俺と目が合うと、手にしていた魔導書を地面に叩き付ける。拾うこともせずにこちらへと向かってきた。

「なっ、何故、貴様らが先に戻って来る！　有り得ない！」

エッカルトは大声で叫び、非難するように指を突き付けてくる。

「何が不満だ？　エッカルト」

トーマスがエッカルトを睨み付ける。

「何が不満だと？　不満だらけに決まっているではないか！　不正があったのだ！　別の班なら、確かに有り得たかもしれない。だが、この班が真っ先に戻って来るわけがない！　それが不正があったという証拠に他ならぬ！」

「ほう、それは何故だ？　お前が何か、仕掛けていたからか？」

トーマスの反撃に、エッカルトは言葉を失った。顔を赤くしたまま、しばらく黙りこくる。その後、ギランを睨みつけて舌打ちをし、首を振った。

「……いい気になるなよ、トーマス君。たまたまそいつらは上手くやったのだろうが、フフ、他の班は、そう上手くはいかないかもしれんなぁ？　何せ、レッドスラッグの数には、限りがある。速さや順位など、ほとんどおまけに過ぎない。大事なのは、目標を達成できる班がいくつ存在するか、だ」

エッカルトがせいいっぱいの強がりを口にする。トーマスはそれを無視し、顔を逸らした。

「劣等クラス如きが、図に乗るなよ。チッ、一矢報いたつもりか？」

エッカルトは露骨に機嫌が悪くなっていた。今回の演習、〈Eクラス〉を貶め、〈Dクラス〉の完全勝利で終わるつもりだったのだろう。

次に戻ってきたのも〈Eクラス〉の班だった。エッカルトは額に深い皺を寄せ、頬をひくつかせていた。

「なんだ、何が起きている……？」

三番目に戻ってきたのも、四番目に戻ってきたのも〈Eクラス〉の班だった。エッカルトの顔は最初真っ赤になって怒っていたが、次第に青くなり、最終的には真っ白になっていた。怒りのあまりか、歯を打ち鳴らしている。

「今回の迷宮演習、よく頑張ったな。不利を強いられている中、最高値に近い成績を残せた。もっとも、例年、迷宮演習はどのクラスも目立ったヘマをすることはない。ここでクラス点に大きな差がつくことは、滅多にないんだがな」

トーマスはそう言うと、エッカルトへと視線を送った。エッカルトはトーマスを睨み返す。

「タ、タイムなど、さほど関係はない！　結局、魔石を持ち帰られれば大した点差は生じない……！」

そこで初めて〈Dクラス〉の班が戻ってきた。

「ようやく戻って来たか！　どうしたのだね君達、随分と遅かったではないか！　時間も、最早ギリギリであるぞ！」

エッカルトが声を掛けると、生徒は浮かない表情で首を振る。

「その……俺達は、レッドスラッグを見つけられませんでした……」

「なっ、なんだと!?　見つからなければ、時間いっぱい探し続けろ！」

「すいません……これ以上は時間が。それに、怪我人もいます。体力も、持たないかと……」

エッカルトは俺達を振り向き、ギランを睨み付ける。

「貴様か！　レッドスラッグを乱獲した、卑劣な者が劣等クラスにいるな！　そうであるのだな！」

エッカルトが声を荒らげる。

しばしの沈黙の後、ギランが「そりゃお前の作戦だろ」と呟いた。さほど大きな声ではなかったが、静まり返っていたこともあり、その声はよく響いた。エッカルトは歯軋りをし、ギランから目を逸らした。

次に来た〈Dクラス〉の班も、レッドスラッグの魔石を持っていなかった。レッドスラッグはまだ全滅こそしていないはずだが、過半数がカンデラ達に狩られていたため、迷宮内に残っていたのはせいぜい三体ほどだ。

レッドスラッグは素早い。広大な地下迷宮の中で、たった三体のレッドスラッグを見つけ出すのは困難であったのだろう。

その後に来たのは、カンデラが勝手にくっ付いていた二班だった。全員ボロボロで、デップがカンデラを背負って現れた。その後にも、重傷者を背負う暗い顔の生徒達が続く。

「き、きき、君達、魔石は……？　持っているのであろう？　持っていると言え！」

エッカルトがデップへと詰め寄る。デップは眉を顰め、申し訳なさそうに太い首を左右に振った。

「ないです……。その、すいません」

デップの様子に、〈Eクラス〉の生徒の中から笑い声が漏れた。普段、〈Dクラス〉は散々〈Eクラス〉を馬鹿にしていたのだ。こんな状況になれば、少しは意趣返しもしたくなるというものだろう。

エッカルトが、鬼のような凶相で俺達を振り返った。その後、デップへと向き直る。

「私に、恥を掻かせる気か！　この役立たず共め！」

エッカルトがデップの頬をぶん殴った。デップが床に倒れ、背負っていたカンデラが投げ出され、壁に頭を打ち付ける。

茫然とする〈Dクラス〉の面子を差し置き、エッカルトはつかつかと俺達に歩み寄ってきた。

「不正だ！　不正！　今回の迷宮演習、何らかの不正が行われたことは疑う余地のない事実である！　今回の結果は無効である！」

「普段からせこいことばかり考えているからだ。裏目に出たな、エッカルト」

トーマスはエッカルトへそう言い、彼に背を向けた。

「演習は終わりだ。とっとと教室に戻るぞ」

トーマスが歩き出す。俺達も彼の背に続いた。

「これで済むと思うでないぞ！　私の顔を、卑劣な真似で潰して……こんな……！　必ず後悔するぞ、トーマスゥ！　貴様らもだ、劣等クラスめ！」

エッカルトの吠える声を聞きながら、俺達はレーダンテ地下迷宮を後にした。


その日の授業の終わりに、トーマスは迷宮演習での結果を公開してくれることになった。

「クラスの数は奇数だし、まだ迷宮演習を終えていないところもある。色んな形で、不利なクラスが出ないように辻褄を合わせていくからな。ただ、〈Eクラス〉と〈Dクラス〉のクラス点の現状については明白だ」

トーマスはそう前置きしてから、剣を手にして傾け、魔術を使った。

「初歩魔術《ランク1》〈ワード〉」

空中に光の文字が浮かび上がる。

〈Dクラス〉：173【+4】

〈Eクラス〉：２０８【＋69】

圧倒的に〈Eクラス〉が〈Dクラス〉を上回っていた。

クラス内に歓声が響く。まさか、いきなりここまで綺麗に逆転できるとは思っていなかった。

「普通はそう簡単に覆らないんだがな。例年は全部のクラスに、だいたい五十点前後が付与される演習だ。しかし、どうやら連中は盛大な自滅をしてくれたらしい」

「トーマス先生っ！　これってもしかして、大部屋卒業ってことですの！」

ヘレーナが嬉しそうにトーマスへと尋ねる。トーマスは呆れたように首を横に振った。

「クラス点による寮替えは、年の半期か、学年が変わるときだけだと説明しただろう。頻繁に入れ替わられちゃ、手間ばっかり掛かっちまうからな。一年の前半が終わるまでこの順位を守り抜けば、寮替え成立だ。まだ、順位の逆転し得る行事は前期中に残っている。鍛錬を怠らないことだな」

「そ、そういえば、そうでしたわね……」

ヘレーナは早とちりを恥じているらしく、頬を赤らめて顔を伏せた。

しかし、ほぼ不可能とされていた順位の逆転が、いきなり達成できたことには違いない。

「クラス点で負けてる以上、これまでみてぇに〈Dクラス〉が俺らを馬鹿にしにくることはねぇだろうな。煩わしい蝿が静かになってくれて嬉しいぜ」

ギランが笑いながらそう言った。

この学院では能力の優劣をクラスで表しているというが、それは正確ではない。実際にはクラス点で表しているのだ。

そのクラス点で、今や〈Dクラス〉は〈Eクラス〉に敗れた。今までのことを思えば、〈Dクラス〉の連中は俺達相手にまともに顔を合わせることさえ恥と思うだろう。

だが、それより俺は、クラスの皆で何かを成し遂げられたということの方が嬉しかった。

第四話　団体戦

1

俺達〈Eクラス〉の寮は大部屋である。クラス十六人中、男は十一人になる。広い部屋とはいえ、十一ものベッドが並べばかなり狭くなる。

俺はベッドの上に座り、俺宛てに届いた手紙の封を切っていた。封筒には『親愛なるアイン兄様へ』と書かれており、送り主の代わりに数字の四が記されていた。

どうやら〈名も無き四号《フィーア》〉かららしい。もっとも〈名も無き二号《ツヴァイ》〉も〈名も無き三号《ドライ》〉も、用事がない限り手紙を送ってくることはないだろうが。

「誰からだァ、それ？」

ギランが声を掛けてくる。

「教会で一緒だった子からだ。俺を実の兄のように慕ってくれていたよ」

「ほう、アインの妹分か。俺は一人だし……母親も、病気で死んじまってもういねぇ。親父も、手紙なんか送ってくるような奴じゃねぇから、ちっと羨ましいぜ」

ギランはそう言うとベッドに寝転がった。俺は取り出した手紙を開き、文面へ目を落とした。

拝啓
学院での生活は、不自由をなさってはいらっしゃらないでしょうか？　不慣れな集団生活の中とは存じますが、兄様がお元気に過ごされていることを祈っております。本当はもっと早くに手紙をお送りするべきだったのですが、任務明けで帰ってみれば、突然兄様が三年は〈幻龍騎士〉に戻られないと聞かされて動揺してしまい、このように時間が開いてしまいました。お許しください。

間違いなく〈名も無き四号《フィーア》〉からのものだった。

「どんな奴なんだ？」

「そうだな……優しくて、ちょっと怖がりな子だ。ううん、言葉にするのは難しいものだな」

「強いのか、そいつは？　アインの妹分なんだから、ちっとは戦えるんじゃねぇのか？」

ギランが妙に興味津々だと思えば、また戦いのことを考えていたらしい。俺は軽く笑ってから、顎に手を当てて考える。強いか……と聞かれると、比較対象がないので何とも言い難い。

「まぁ、俺より強いんじゃないか？　訓練でしか戦ったことがないから、何とも言えないけどな」

「ハッ！　アイン以上か！　面白そうな奴じゃねぇか」

ギランはそう言って笑ってから、顔を青くした。

「……さすがに冗談だろ、オイ」

「難しいな……。お互いどこまで本気でやるか、という話にもなる。意味のない仮定だ。まあ、魔術型だから、距離があったら間違いなく彼女の方が上だろう」

何せ〈名も無き四号《フィーア》〉は世界で唯一の七重属性《パーフェクト》だ。表に出れば間違いなく世界最強格の騎士として名を刻む。彼女は特に数を相手取ることに長けており、千の兵が〈名も無き四号《フィーア》〉に挑んでも、ただの歴史的大量自殺にしかならないと断言できる。

「ハ、ハハ……アイン、お前は真顔で冗談を口にするときがあるから、ちっとわかり辛いぜ」

確かに冗談は得意ではない。ネティア枢機卿よりいただいた〈アイン向け世俗見聞集〉の冗談の項目を何度も読んではいるが、ヘレーナの常日頃の言動と冗談の差があまりわからない。

俺は手紙の続きへと目をやった。


兄様が私に何の相談もなく、三年間を学院でお過ごしになられることにはなりましたが、別に私は怒ってなどおりません。そこには深い事情があったことだと存じております。

私も当時は聖都セインにはいませんでしたし、突発的に決まったことであり、入学試験まで時間がなかったことも既に伺っております。なので別に私は怒ってなどおりません。

特に〈名も無き二号《ツヴァイ》〉は「オレを裏切って王都でぬくぬくと暮らしているあいつは、四肢を落として首を刎ねてブチ殺してやる」と口にしていましたし、私もそれに少なからず同意いたしましたが、別に私は怒ってなどおりません。

兄様は戯れでこのようなことをなさっているわけではなく、ネティア枢機卿より与えられた大事な任務として王立レーダンテ騎士学院に入学なされたことは存じておりますし、そう自分に言い聞かせております。なので別に私は怒ってなどおりません。

私に宛てた置手紙や言伝が一切なかったことも、別に怒ってなどおりません。急な入学準備のため、さぞお忙しかったことと存じます。私のためにほんの僅かな時間さえ割く猶予もなかったこと、深く理解しております。なので別に私は怒ってなどおりません。

その後一切、それらを詫びるお手紙が兄様より送られてこなかったのは残念でなりませんが、慣れない学院生活の中で忙殺されているのではないかと、私は心配しております。

なので別に私は怒ってなどおりません。

俺は手紙を見たまま硬直していた。

「どうしたよ青くなって。変わった近況でも書いてあったか？」

ギランが軽く笑いながら声を掛けてくる。

「かなり怒っているようだ。殺されるかもしれない」

「はぁ……？」

元々俺はネティア枢機卿と〈幻龍騎士〉の三人以外の相手とまともに話をしたことはない。人付き合いなど不要であると、そう言われてきた。

手紙を送ったこともない。稀に〈名も無き四号《フィーア》〉と長く会わない際に、彼女より手紙が送られてくるくらいだったが、それにもまともに手紙を返したことはなかった。ただ、今回ばかりはそういうわけにはいかないかもしれない。

「仕事以外では虫も殺さない大人しい子だったのだが、ここまで怒っているのは初めて見た。本当にまずいかもしれない。ギラン、手紙はどう返せばいい？　俺にはわからない」

「お、俺も手紙なんぞ、まともに送ったことはねぇぞ。俺でよければ手伝うが、ルルリアに相談した方がいいんじゃねぇか？　こういうのは、女共の方が得意だろ」

「そういうものなのか？　わかった、ルルリアとヘレーナにも相談してみよう」

「ヘレーナは止めておけ。絶対に話が拗れる」

俺は手紙の続きへと目を向けた。

私もどうにか兄様の後を追って王立レーダンテ騎士学院へ入学させていただけないか、ネティア枢機卿に掛け合ってみました。ただ、まるでお話を聞いてくださりません。

私がどれだけ兄様をお慕いしているのか、ネティア枢機卿はよくご存知のはずですが、兄様と揃ってこんな残酷な仕打ちをなさるものだとは存じておりませんでした。結局のところ、ネティア枢機卿の頭には、政務のことしかないのです。

最近は王国内に潜んでいた悪党の数も大きく減りました。私が兄様に続いて一時的に〈幻龍騎士〉を離れても問題はないはずです。

ネティア枢機卿に、私がどれだけ本気なのか、近々思い知らせてやろうと考えております。


俺はそこまで読んで、額に手を当て、深く息を吐き出した。身体の奥から汗が滲み出てくるのを感じる。

「おい、どうした、アイン？」

「この学院が消し飛ばされるかもしれない」

「じょ、冗談は笑って言えよ、なァ、アイン」

ルルリアの手腕に、ネティア枢機卿の身と歴史ある王立レーダンテ騎士学院、そして俺の命が懸かっている。

2

放課後、俺はルルリアに頭を下げていた。

「……手紙を出したいのだが、文面が全く浮かばない。協力してもらえないか？」

「アインさんが困っているのなら勿論相談に乗りますけど、そういうものは自分の言葉で書かないと意味がないと思うのですが……。書きたい内容がないのなら、短くてもいいんじゃないですか？」

ルルリアが困ったように答える。

「しかし、そういうわけにもいかない。機嫌を損ねれば、どうなるかわかったものではない。あそこまで怒っているのは初めてだ」

〈名も無き四号《フィーア》〉は、〈幻龍騎士〉の中でも魔術の威力と規模に秀でている。彼女が本気で何かをしでかそうとすれば、止められるのはネティア枢機卿か〈名も無き三号《ドライ》〉くらいだろう。

「アインさんが、そこまで機嫌を気にする相手って……も、もしかして、恋人さんですか!?」

ルルリアが声を大きくする。教室内の人間の目が、一斉に俺へと向いた。

「ど、どうなんですか？」

ルルリアが真剣な表情で、俺へと顔を近づける。そこまで気にするポイントなのだろうか……？

いや、確か〈アイン向け世俗見聞集〉には、女の子は恋の話が好きだと書いてあった。

「落ち着け、ルルリア。そういった仲ではない。教会で育てられた仲間で、家族のようなものだ」

「そ、そうでしたか……早とちりしました」

ルルリアは安堵したように息を漏らした。

「家族のようなものでしたら、余計気にする必要はないと思いますけれど……」

「このままだと、実害があるかもしれない。事情があってあまり詳しく話すことはできないのだが、俺が入学してから連絡を取らなかったことに怒っているようだ。とりあえず書いてはみるが、助言が欲しい」

「それって、ちょっと拗ねてるだけじゃありませんか。可愛いじゃないですか。そう思い詰めて悩むことではありませんよ」

ルルリアがくすりと笑った。近くで俺達の話を聞いていたギランが、真剣な顔で小さく首を左右に振った。

「絶対そんな可愛いもんじゃねぇ。ちらっとだけ手紙が見えちまったが、かなりデケェ紙をしつこく折りたたんでて、細かい字がびっしりと書いてあった。キレてアレやってんなら、相当来てるぞ」

「ギ、ギランさんが、そこまで言うなんて……。でしたらちょっと、文面は考えた方がいいかもしれませんね」

　ギランとルルリアが深刻そうに頷き合う。ギランは俺以外とはあまり喋らなかったが、迷宮演習で仲間意識が芽生えたのか、最近はルルリアやヘレーナと普通に話をしていることも増えた。

　俺の問題に目前の二人が悩んでくれているのを見て、なんだか俺が夢見ていた理想の学院生活通りで嬉しくなってしまう。つい、口許が緩むのを感じる。

「……しかし、あの文字数は別にいつも通りなんだがな。それほど妙だろうか？」

「あァ？　何か言ったか、アイン」

「いや、大したことじゃない。独り言だ」

　別のクラスメイトと話していたヘレーナが、鼻息を荒くして俺達の許へと向かってきた。

「あらあら、アイン！　地元の幼馴染から恋文が届いたって本当ですの！　大変ですわねぇ、ルルリア！　早速ライバルが出てきましたわよ！」

　何がそんなに楽しいのか、ヘレーナは満面の笑みでルルリアの肩を掴む。

　ルルリアは眉間に皺を寄せ、剣の鞘へと手を触れた。普段のルルリアからは想像もつかない険しい目でヘレーナを睨み付ける。その目には、若干涙が溜まっていた。

「……へ、ヘレーナさんが、しつこく誰が気になるかって聞いてくるから、強いて言えば、アインさんって言っただけなのに……。ぜ、絶対、人には言わないって……あんなに約束してたのに……！」

ヘレーナが必死にルルリアの手許を押さえる。

「ほ、ほんの、ちょっとした冗談じゃないですの！　貴女が過剰反応しなければ、誰も気になんて留めませんわよ！　ね？　ね？」

「ギランさん！　ヘレーナさんの腕を押さえつけてください！　約束破ったら、指を落とすって話してたんです！　この人はそのくらいしなきゃわからないんです！　これは私とヘレーナさんがこれからもお友達でいるためのケジメなんです！」

ヘレーナの顔が一気に蒼褪めた。

「じょ、冗談でしょう！　フン！　わ、私は貴族よ！　平民の小娘が、そんなことをやって許されると……ご、ごめんなさいごめんなさいごめんなさい！　お金でしたら、いくらでも払いますわ！　指以外でしたら何でも払ってみせますわ！」

ルルリアはギランが協力してくれないと見て、自分でヘレーナの腕を押さえつけに掛かった。

「馬鹿やってんじゃねえぞテメェ！　落ち着きやがれ」

ギランが慌ててルルリアの凶行を止める。

「何をそんなに怒ってるんだルルリア？　ヘレーナの軽口くらい、許してやったら……」

「アインさんはわからないなら黙っててください！　これは、私とヘレーナさんの問題なんです！」

ルルリアはギランに肩を摑まれながらも、強引にヘレーナを机の上に押し倒す。それから改めて剣の柄を握り締めた。ヘレーナの目から涙が溢れていた。

「ちょ、ちょっとルルリア！　二度と、もう二度と言わないですわ！　それは本当に洒落になりませんわ！　ごめん、ごめんなさい！　本当にごめんなさい！」

そのとき、勢いよく教室の扉が開かれた。入ってきたのは〈Dクラス〉の担任、エッカルトだった。

俺はギランと顔を見合わせた。ギランは怪訝げに表情を歪め、小さく首を横に振った。エッカルトがやってきた理由に、ギランも見当がついていないようだった。

エッカルトは、獲物を探す蛇のように、その黒目を教室中に走らせる。俺と目が合った。エッカルトは口を開き、邪悪な笑みを浮かべた。どうやらロクでもない用事らしい、ということはすぐにわかった。

トーマスがエッカルトの前に立った。

「何の用だ、エッカルト」

「何の用、か。フフン、トーマス君、私は、劣等クラスの卑しさを、弾劾するためにやってきたのさ。わからないか？」

「なんだと？」

「劣等クラスの人間は、生まれが悪く、知性に欠け、剣術も稚拙、魔術も使えず……。しかし、それだけであれば決して騎士を志す器ではないというだけで、まだ救いようはあるであろう。だが、他のクラスを妬み、不正を行ったとはな。ああ、なんと卑しいことか」

エッカルトは芝居掛かった動作で、嘆くように手のひらで自身の顔を覆う。だが、手の下から、口端の吊り上がった口許が丸見えであった。

「言いたいことがあるなら、はっきりと言ったらどうだ？　何をしに来たのかと、俺はそう訊いたんだ」

「言ったであろう？　弾劾しに来たのだ、となる。来たまえ、ギラン君、ルルリア君、ヘレーナ君……それから、アインくぅん。君達は、やってはならんことをしてしまったのだよ」

どうやら随分と剣呑な雰囲気だった。

「卑しいのは、お前の品性だろうがよ」

ギランがエッカルトを睨みつけて零した。

3

俺達はエッカルトに連れられ、生徒の指導用の部屋へとやってきた。

「さて、と……。何故、君達が呼び出されたのか、わかっているであろうな？」

エッカルトの言葉に、俺達は沈黙した。

この面子ということは迷宮演習についてだろう。エッカルトは、あの演習の結果に納得がいっていないようだった。だが、どうイチャモンを付けるつもりか、なんてことまでは読めるはずもない。

「くだらねぇ、クソみたいな前置きは止めて、とっとと話したらどうだ？」

ギランが苛立ちを隠しもせず、エッカルトへとそう言った。

「ではそうさせていただこうか。君達は〈Dクラス〉の生徒に、迷宮演習の中で暴行を働いたであろう？」

ギラン、ルルリア、ヘレーナの表情が、一気に歪んだのがわかった。俺もきっと、同じような表情を浮かべていることだろう。

確かに戦闘は禁じられていた。だが、先に仕掛けてきたのはカンデラ達であったし、彼らの凶行にエッカルトが絡んでいることもほぼ確定していた。

あの迷宮演習について、下手に掘り下げられれば痛いのはむしろエッカルトや〈Dクラス〉の腹のはずだ。だからこそ、こんな手は打ってこないと思っていた。

しかし、どうやらエッカルトは、俺の想定していた以上にクラス点に、ひいては学内での立ち位置に重きを置いていたらしい。いきなり迷宮演習で大敗してクラス順位降格の危機というのは、エッカルトにとってあまりに受け入れがたいことだったのだ。

先の一件は、エッカルトを随分と追い詰めてしまっていたらしい。

「直接的な妨害は禁止だと、トーマスから聞いていなかったか？　一年生が学院迷宮に立ち入るのは、あの演習が初だった。教師の目の届かない迷宮内では、死傷者を出す大事故に繋がる可能性も高い。君達のやったことは、〈Dクラス〉の生徒を死に追いやりかねない愚行だった、そのことがわかっているかね？　自分達の浅はかな行為が、どれだけの悲劇を招きかねなかったのか。君達は育ちが悪く、学がなく、それが故にあまりに想像力が足りない。だから平然と、恥知らずな真似が行えるのであろうな」

エッカルトはぺらぺらと語り、時に話しながら俺達を指で差して非難する。これだから劣等クラスはと、大袈裟に嘆いてみせたりもしていた。

さすがに俺も腹が立ってきた。自分のことを棚に上げて、なんてレベルではない。最初から最後まで、全てエッカルトのことなのだ。

自分で気が付いているのだろうか？　よくぞここまで言えたものだ。

面の皮が厚すぎる。俺の剣でも貫けないかもしれない。

エッカルトの言っていることは無茶苦茶だ。だが、エッカルトも勝算があって言っているのだ。だとすれば、少し厄介なことになっているかもしれない。

俺は開こうとした口を噤む。何を認め、何を認めないべきなのか。どう主張すれば有利に立ち回れるのか。そこをしくじれば、本当に大変なことになりかねない。

「な、何の話か、わかりませんわ！　私達は、他クラスとの戦闘なんて、行っておりませんもの！」

ヘレーナがそう口にした。止める間もなかった。追い詰められれば、冷静さを失う。

仕方のないことだが、こうなった以上、完全否定は悪手だったはずだ。戦闘は実際にあったのだから。それを証明されただけで、俺達が嘘を吐いていたということになってしまう。

「ほう……行っていない……今、そう口にしたな？」

「え、えっと……」

ヘレーナが口籠る。

「エッカルト先生、戦闘は確かにあった。だが、それは……」

「そろそろ来ているかね？　おい、入りたまえ！」

エッカルトは俺の言葉を遮って、扉へ向かってそう叫んだ。

扉が開かれる。外には、カンデラとデップ、そしてあのときカンデラと同じ班だったらしき二人が立っていた。二人は身体中に包帯を巻き、杖を突いて歩いていた。あの時に重傷を負ったというよりは、このときのために負傷を過剰に装っているように思えた。

「今一度、君達の口から直接聞きたい。カンデラ君、戦闘はあったのかな？」

「いいえ、エッカルト先生。あれは戦闘ではありません。僕達は言いつけを守って、必死に説得を試みていたのです。それをあろうことか、劣等クラスの連中は、無抵抗な僕達を一方的に攻撃してきたのですよ。お陰で、この通り……酷い怪我を負わされました」

「……と、いうことだが？　ん？　まさか君達は、この私に嘘を吐いたのかね？　その場凌ぎの嘘など、フン、意味のないことを！　立場を更に悪くしたぞ。これだから劣等クラスの生徒は救いがたい。言い逃れは無駄だ、医務室の担当より、魔術や剣による傷であることはとっくにわかっているのだから」

「減らず口を！　もっと酷い怪我を負わせてやろうか！」

ギランの言葉に、デップがびくりと肩を震わせ、カンデラに頭を叩かれていた。

「ギラン、落ち着いてくれ。騒いでも解決はしない」

まずい事態になった。罠に掛けられたというよりは、最初から俺達があまりに不利だったのだ。

エッカルトは何でもやる男だ。追い詰め過ぎるべきではなかったのかもしれない。

「確かに戦闘は行った。しかし、俺達が一方的に攻撃したわけではない」

「ほう？　では、なぜ君達は軽傷か無傷の者ばかりで、カンデラ君の班員だけが重傷を負っている？　逆ならばわかるが……〈Dクラス〉の生徒が、劣等クラス相手に後れを取るわけがない。それが何よりの証拠だ。そうは思わないかね？」

エッカルトはしたり顔でそう語った。

「エッカルト、テメェ……！」

ギランが歯軋りしてエッカルトを睨み付ける。エッカルトはギランの視線に対し、冷笑を返すだけだった。

「わかってるのか、カンデラ？　エッカルト先生の言葉は、お前達をも馬鹿にしているんだぞ」

俺の言葉に、カンデラは顔を顰める。デップがやや不安げにカンデラの顔を見る。カンデラは鼻で笑い、一歩前に出た。

「何を言ってるか、さっぱりだな。何にせよ、アイン……君達は、ただじゃ済まないってことだ。

この僕に刃向かった、君達が悪いんだよ！　平民の分際で、よくもこれまで僕を虚仮にしてくれたものだ」

　完全にエッカルトの作戦に乗っかるつもりでいるらしい。何を言っても無駄だ。

「特にカンデラ君は、カマーセン侯爵家の跡取りだ。平民や下級貴族に卑劣な手で傷を負わされたとなっては、ご実家も黙ってはおるまい。学院の教師としても、この一件は見過ごすわけにはいかない」

「チッ、どこまでも見下げ果てたクソ野郎だ。卑劣も恥知らずも、お前のためにある言葉なんだろうなァ、エッカルト！」

「挙句の果てには、罪を認めず、暴言を繰り返す……か。私としては穏便に進めてあげたかったのだが、反省の色なしとは。君達にはほとほと呆れ果てた。教員会議で君達の処遇は決定するが、四人揃っての退学もあると覚悟しておくといい。話はここまでである」

　エッカルトは口端を吊り上げて笑みを浮かべる。楽しくて仕方がないというふうだった。

　ルルリアとヘレーナは、息を呑んで固まっていた。

　……エッカルトは、徹底的に俺達を潰す魂胆らしい。

　ギランは近くの椅子を蹴り飛ばした。

「俺が気に喰わねぇなら、俺だけ退学にでも何でもすればいいだろうが！」

「はぁ……そういう問題ではないのだよ。自分の何が悪いのか、まだ理解できていないと見える」

エッカルトはギランへと歩み寄り、彼のすぐ前で止まった。顔を寄せ、耳許へと口を近づける。

「我々上級貴族に逆らったのがいけないのだよ。父親と揃って、本当に頭が悪いことだ」

「テメェ……！」

ギランがエッカルトへと拳を振るう。俺はその手首を摑んだ。

「止めるな、アイン！　このクソ野郎は、俺が罪に問われてもぶっ殺してやる！」

「エッカルト先生、今回の件、下手に大事になれば、困るのはそっちじゃないのか？　呪印文字《ルーン》の件……公になれば、この学院にいられなくなるぞ」

このことを追及しても、躱されてこちらの心証を悪くするだけだと思っていた。だが、こうなった以上、こちらも持っている札を全て切ることになる。

エッカルトは俺の言葉を鼻で笑った。

「何の話かさっぱりだな。劣等クラスの君達四人は、この学院を去る準備を進めておくがいい」

エッカルトはそう言い、部屋から出ていった。

「ハハハハ！　今度こそ終わりだな、アイン！　僕に逆らったことを、田舎に帰って一生後悔するといい！」

カンデラは勝ち誇ったように俺にそう言うと、〈Dクラス〉の三人に目配せして、部屋から出ていった。

「クソったれがァ！」

彼らが去ってから、ギランは壁を殴りつけた。

「ど、どうしましょう、アインさん。きっと教員会議でも、エッカルト先生は〈Dクラス〉に都合のいいことばかりを口にするはずです」

「……手が、ないことはない」

……できれば、学院長のフェルゼンには相談したくなかった。フェルゼンはかなりネティア枢機卿に気を遣っているようであった。俺が言えば、即日学院から叩き出してくれるかもしれない。

しかし、極力頼るなと、ネティア枢機卿から言われていた。それに下手にフェルゼンが平民である俺に気を遣った采配を振るえば、そのことを怪しむ人間も出てくるだろう。

だが、それが元で俺がこの学院にいられなくなったとしても、ルルリア達に迷惑を掛けたくはない。

「ひ、ひとまず、トーマス先生に相談してみたらどうかしら？　あの御方なら、変に大貴族の肩を持つ真似はしないはずですわ。エッカルトとも、どうやら不仲のようでしたし……」

ヘレーナの言葉に、俺達は頷いた。

4

俺達は教室に戻り、先程の一件をトーマスへと相談した。

「……エッカルト先生は、教員会議で俺達を陥れるつもりらしい」

「そこまで腐ってやがったとは……。同じレーダンテ学院の教師として、恥じる想いだ……」

トーマスは額を押さえ、首を振った。それから深く息を吐いた。

「こんなことを口にすれば怒られるだろうが……フェルゼン学院長も、教師陣の血統主義派閥には押されがちだからな。数年前まではこうじゃなかったんだ。フェルゼン学院長が改善して持ち直してこの学院が権威を持つようになってから、一気にそこにあやかろうとするエッカルトみたいな貴族で溢れちまった。王国騎士団自体が貴族と結びつきが強過ぎて、どうにもならんらしい。これでもフェルゼン学院長は、かなり偏屈で我が強いタイプの方なんだがな」

トーマスは髪を掻いて二度目の溜め息を吐き、こんな愚痴を零しても仕方なかったな、と漏らした。

「教員会議で退学が承認されれば、まず覆らんだろう。おまけに会議は、エッカルトの属する血統主義派閥が幅を利かせてる。エッカルトが会議を開こうとすれば、最速で三日後には開かれるだろうから、それまでにどうにかせねばならんな……」

「元はと言えば、迷宮演習で、俺がエッカルト先生の思惑を妨害したのが原因だ。他の三人を巻き込みたくない。俺が退学になってもいい、どうにかエッカルト先生を納得させることはできないだろうか」

エッカルトがそもそもこんな強硬手段に出てきたのは、確実に大勝できるように仕組んでいた迷宮演習で大敗し、学院内での評判を落としたことが原因だろう。

初回の演習でクラス順位が引っ繰り返るのは、過去に例がないことだとまで聞いた。それだけの歴史的大敗だったのだ。自尊心の塊のエッカルトが気に病んでいないわけがない。

そしてそんなことが起こったのは、学院にとって異物である、俺がいたせいなのだ。俺がなまじエッカルトの罠を突破できる力を持っていたがために、彼の逆鱗に触れてこのような事態を引き起こしてしまった。

「な、何言ってんだアイン！　お前がこんなつまらねぇことで辞めるなら、俺だってこんなとこ辞めてやらァ！」

ギランが声を荒らげる。

「そうですよ！　それに、確かに私ができたのは小さなことでしかありませんでしたけれど……皆で協力して、突破した迷宮演習だったじゃないですか！　せっかくお友達になったんですし、そんな寂しいことを言うのは、止めてください……」

ルルリアが俺の手を取り、顔を覗き込んでいる。真剣な、少し泣きそうな表情をしていた。

「そうですわよ！　それに、私があのデップ・デーブドールを倒せていなければ、カンデラ達を撃退することはできなかったはずですわ！　フフン、アイン、自分一人だけの手柄にしようったって、そうはいきませんでしてよ。こうなった以上、一蓮托生ですわ！」

「ギラン、ルルリア、ヘレーナ、すまない……」

「……そもそも、お前を退学なんかにしたら、この学院がどうなるのかわかったもんじゃないんだがな」

トーマスが小さく呟いた。……どうやらフェルゼンから、ネティア枢機卿のことで散々脅されているらしい。

だが、最悪フェルゼンが強硬手段を取れるにしても、あまり表立っての関与ができないのも事実なはずだ。それに、フェルゼンが俺に気を遣っていることが学院中に明らかになれば、間違いなくネティア枢機卿はこの学院から俺を撤退させるだろう。

学院に溶け込むように努め、世俗を学ぶ。それが俺に与えられた任務でもある。問題ごとを抱え込んで学院長に助けを求めるなど論外なのだ。

「ちと強引だが……手がないこともない、か」

トーマスはしばし考えこんで沈黙を保っていたが、そう切り出して言葉を続ける。

「フェルゼン学院長は堕落したこの学院を持ち直すため、徹底した実力主義を目指して、大幅な改革を行った。そうして加えられた校則の中に、決闘というものがある」

「決闘……？」

俺の疑問に、トーマスが頷く。

「フェルゼン学院長は、とにかくやってみるという形で、色々な改革を行っていた。その中で生まれた校則で、実際適用されたことは過去に二度しかない。学院内の相手に決闘を挑み、相手が了承すれば、三人の教師の立ち合いの許で決闘を行うことができる。そこで勝てば、相手に最初に提示した条件を呑ませることができる」

そんな校則があったのか……。

「とはいえ、相手が了承し、立ち合う教師も納得していなければならない。無茶な条件は成立せん。過去に適用された際には、食い違った証言の決着を付けるために用いられた例がある」

「上手く行けば、カンデラ達に嘘を認めさせることができるかもしれない、ということか……」

「そういうことだ。決闘で呑ませた条件で教師であるエッカルトを追い詰めるのは難しいだろうが、少なくとも黙らせることはできる。形勢が悪くなれば、奴も保身で精一杯になる。こっちに手出しする余裕はなくなるさ」

「ということは、決闘の場にアインが出て行けば勝ち確ですわね！　なぁんだ、全然怯えることなかったじゃないですの！」

ヘレーナが安心しきったようにそう口にした。だが、トーマスの作戦には大きな穴がある。

「……カンデラも、カンデラの周りの連中も、まず決闘なんて受け入れないはずだ」

カンデラは既に俺に二度敗れている。わざわざこんな条件の決闘を受けてくれるわけがなかった。

それに、カンデラの取り巻きを一人黙らせたところで、エッカルトの思惑を確実に潰すことはできない。嘘を認めさせるにはカンデラか、できればあの班全員が望ましい。そんな都合のいい条件を呑ませるのは、あまり現実的だとは思えない。

「いや、やり方次第かもしれねぇぜ、アイン。勝てる戦いだと思わせりゃ、カンデラの奴でも釣れるかもしれねぇ」

勝てる戦いだと思わせる……か。

エッカルトも、自分が迷宮演習でやらかしたことが表沙汰になるのは恐れているに違いない。だが、俺達を退学に追い込むには、自分から迷宮演習の件を掘り下げる必要がある。

教員会議では自分が有利だとはいえ、そこに多少の不安はあるはずだ。決闘で俺達を安全に黙らせることができると踏めば、カンデラ達に決闘を受け入れるように指示を出すかもしれない。

「俺も、エッカルトが演習でやらかしたことを実証できないか、学院迷宮を調べてみる。お前達は、〈Dクラス〉の人間を上手く口車に乗せる方法でも考えておくことだ」

トーマスの言葉に俺達は頷いた。

5

エッカルトより指導という名目の脅迫を受けた翌日の放課後、俺達は〈Dクラス〉の教室へと出向いていた。トーマスより聞いた決闘のルール……それを最大限に活かす方法を、俺達は思いついたのだ。

教室に入ったとき、エッカルトは口端を大きく吊り上げ、愉快で堪らないといったふうに俺達を見た。

「おやおや、誰かと思えば、劣等クラスの四人組ではないか。土下座でもして、許しを乞いに来たのかな？　カンデラ君達に頭を下げてみるか？　彼らが許すというのならば、君達の退学の件を考えてやってもいい」

エッカルトに続き、カンデラ達もニヤニヤしながら俺達を見ていた。

俺達が何をしようと、カンデラやエッカルトが考えを改めることはないだろう。媚びて無様を晒した俺達を笑い、それから容赦なく退学に追い込むだけに違いない。

「ルルリア」

俺はルルリアへと、目で催促する。ルルリアは〈Dクラス〉生徒達の好奇の目にやや気後れしていたようだったが、俺の言葉に表情を引き締め、大きく頷いた。

ルルリアは懐より包みを取り出し、その中身を床へとぶちまけた。鉱石の破片が辺りへ散らばり、エッカルトは顔を顰める。

「何のつもりだね？　このふざけた真似は!?」

エッカルトは怒鳴った後、破片の正体に気が付いたらしく、額に皺を寄せた。

「すいません、手が滑りました」

ルルリアはエッカルトを睨みつけながら、そう大きな声で言った。

エッカルトから冷静さを奪うための算段であった。俺やギランが言えば、意外性に欠ける。ヘレーナが言えばふざけているように見えかねない。エッカルトに対して一番迫力を感じさせられるのは、ルルリアであると考えたのだ。

「それは……魔石……」

そう、エッカルトが用意した、魔物寄せの呪印文字《ルーン》付きの魔石である。エッカルトが迷宮演習でやらかした、最大の不正でもある。奇襲性の高い闇属性の魔物であったため、死人が出ていてもおかしくなかったのだから。

「君達は、演習外で学院迷宮に入る許可をまだ得ていないはずであるが？　これ以上校則違反を重ねたというのか！　何のつもりだ？　開き直って悪事を繰り返すとは、この歴史ある王立レーダンテ騎士学院の冒瀆に他ならぬ！　やはり来年からは、平民や下級貴族の入学を見直さねばならんようだ！」

エッカルトが声を荒らげる。

「よくご存知でしたね。これが学院迷宮にあったものだと」

ルルリアの言葉に、エッカルトが苦々しげに眉を顰め、口許を歪ませる。

ルルリアの挑発に見事に引っ掛かってくれた。冷静さを欠いたエッカルトは、急いて軽はずみに俺達を怒鳴りつけた。

「……そ、そうではないかと考えただけだ。それが、何だという？　ふん、打てる手がなくなって、悪足掻きに言い掛かりとは。なんと惨めなこと……」

俺はルルリアの前に出た。

「この魔石は、トーマス先生が学院迷宮より回収してきてくれたものだ。俺の班はこの魔石のせいで災難に遭った。トーマス先生は、事情を知って、この件を調べてくれている」

「く、くだらん。学院迷宮は、古くは王家に仕える錬金術士の研究所があったともされている。魔物が奥地から運び出してきただけのことであろうに」

エッカルトは俺達から視線を逸らした。

「そう思っていない教師が、何人かいるようだがな」

俺の言葉に、エッカルトが神経質に瞼をひくつかせた。

レーダンテ地下迷宮の中に打ち壊して捨てていたものを、トーマスが探して来てくれたのだ。ただ、これを用いてもエッカルトのやったことを実証することはできないと、悔しげに零していた。何とでも言い逃れが可能であって、奴にとっての痛手にはならないだろう、と。

だから、有効活用することにした。決闘の校則を通すには、エッカルトに脅しを掛け、彼の冷静さを奪う必要があった。

最後の言葉はハッタリだ。この件を熱心に調べてくれているのはトーマスだけだ。

だが、ハッタリだとバレていてもいい。エッカルトに、本当だったらどうしようと、ほんの少しでも考えさせられればそれでいいのだ。

「んなもんはどうでもいいぜ。今回俺らが〈Dクラス〉に来たのは、カンデラのクソ共四人が嘘を吐いて俺らを貶めようとしていること、それについて追及するためなんだよ」

ギランがカンデラを睨み付ける。

「おいおい、何を言っているんだい？　劣等クラスは頭が悪すぎてお話にならないね。いいかい、僕と君達の話は並行線にしかならない。そしてエッカルト先生は、道理のある僕達の話を信用してくれた。それだけのことだろう？　それをわざわざ追及って、どうするつもりなんだい？　馬鹿犬貴族のギルフォード家の君には、ちょいと難しかったかな？」

カンデラは自身の頭を人差し指で小突き、ギランをからかった。

「あァ、だから、決闘を申し込みに来た。校則というルールに則ってなァ！　お前らのでっち上げと、俺らの話、どっちが正しいのか白黒付けようじゃねぇか」

「け、決闘だと？」

カンデラは眉を顰めた。決闘の校則について知らなかったのだろう。

「教師立ち合いの許に模擬戦を行い、生徒間の約束ごとを遵守させる、あのくだらんままごと遊びのことか。トーマスの入れ知恵だろうが、しょうもない悪足掻きだ」

エッカルトは馬鹿にしたように言い、それからちらりと、床に散らばった魔石の破片へと目をやった。

本来、カンデラ達には決闘を受ける理由はない。だからこそ、ここで魔石をぶちまけてエッカルトに脅しを掛けたのだ。教員会議までに俺達を大人しくさせておかないと、万が一の事態があるかもしれないと。

「誰が、誰に決闘を申し込むというのだ？　くだらんな、別に君達がカンデラ君やデップ君を黙らせたからと言って、他の班員の口を封じることはできん。決闘によって君達が誰か一人の証言が過ちだったと強引に認めさせたとしても、他に三人被害を訴える者がいる時点で、この件を誤魔化すことなどできはせんぞ」

エッカルトが、釣れた。くだらないといいながら、俺達の考えを知りたがっている。

乗るつもりがないのであれば、とっとと切り捨てて話をしなければいいのだ。魔石の脅しが効いている。

「決闘だと？　冗談じゃないぞ」

カンデラは俺を睨み、小声で呟いた。目が合うと、舌打ちをして目線を逸らす。また俺と戦わせられることになると思ったのだろう。

自信家のカンデラも、二度の大敗で俺には敵わないと悟ったらしい。

「一人二人、じゃない。意見がくいちがっている、〈Eクラス〉と〈Dクラス〉の、問題の班同士で、団体戦形式の決闘を行う。勝ち星が多い班の勝利としてな。纏めて偽証を認めさせないと、お互いに意味がない」

「決闘の、団体戦だと？　確かに班対抗でなければ、意味がない。しかし、そんなもの、聞いたことがない……」

エッカルトは意表を突かれたように眉を顰め、それから俺達へと目線を走らせる。その後、カンデラ達へと目をやった。勝てるかどうか、比べたのだろう。

「敗れた班は、迷宮演習での一件について、相手の言い分を完全に認めること。そして……俺達が敗れた場合は、その場で四人揃って自主退学をする。どうせ、その時点で学院に残る希望はなくなるからな」

俺の言葉に、エッカルトが露骨に頬を上げて笑みを浮かべた。

リスクを払わねば、エッカルトは釣れない。対人戦闘に長けた俺やギランだけが出れば、相手は最初から勝負には乗ってこない。

ルルリアやヘレーナが、〈Dクラス〉相手にどれだけ戦えるのかは未知数なところが大きい。だが、元より順当に行けば、俺達の退学でお終いだ。

それに今の言葉でエッカルトは、俺達が決闘が終わってすぐいなくなるのであれば、魔物寄せの呪印文字《ルーン》付きの魔石について掘り下げられることがなくなると踏んだはずだ。被害者である俺達がいなくなる上に、迷宮演習の騒動について教員会議で話し合う機会もなくなるのだから。

「ふむ、面倒がなく、自分から退学してくれるというのは素晴らしい。自分から過ちを認めてこの学院を去ることで、君達の今後の人生にも役立つだろう。だが、しかしだ。言い分は我が〈Dクラス〉の生徒達のものの方が遥かに筋が通っている」

エッカルトは勿体振るようにそう前置きしてから、再び口を開いた。

「偶数人数というのは、同点になりがちだ。どうかね？　論に〈Dクラス〉の方が道理があるということで、同点であれば〈Dクラス〉の勝利……というのは」

とんでもない条件を提示してきた。同点が敗北ということは、四戦中三勝を取らなければならないということだ。ただでさえ〈Dクラス〉は、〈Eクラス〉の生徒より入学時の成績で勝っているのだ。

俺はルルリア達と視線を交換し、頷き合った。

厳しい条件なのは間違いない。だが、エッカルトに降りられれば、その時点で俺達はお終いなのだ。

それに、エッカルトは保身がちな性格だ。ギランの剣の腕が立つことは知っている。入学試験での彼の実力を見ておきながら、成績を大きく下げたのはエッカルト本人なのだから。

俺のことも、多少はカンデラから聞いていると考えるべきだろう。ギランと俺で、二敗を想定していてもおかしくはない。だとすれば、ここは折れなければ通せないところだ。

「……わかった、その条件でいい」

エッカルトは露骨に余裕の笑みを浮かべた。

「ふうむ、カンデラ君、どうであろう？　受けてあげてみる、というのは。迷宮演習で負った傷も、医務室に通って治癒魔術を受けて、概ね治っているだろう？」

エッカルトはパチパチと下手なウィンクをして、カンデラへと合図をする。

迷宮演習の怪我、か……。元々、どの程度尾を引いていたのか怪しいものだ。過剰に包帯を巻いて被害者振っているだけだろう。

「ええ、そうですね。それなら構いませんよ。こんな条件で、僕らが劣等クラスに負けるわけがありませんから。軽くわからせてやりますよ」

カンデラは笑みを浮かべてエッカルトへと言い、俺を睨み付ける。

「まさかこんな、報復の機会を持ってきてくれるとはねぇ、アイン。力及ばず悔しがる君達を、嬲《なぶ》り潰してやるよ」

6　―エッカルト―

エッカルトはアイン達からのクラス対抗形式の決闘を了承した後、学院内のバルコニーで他の教師と待ち合わせをしていた。

ここならば遮蔽物がなくて見渡しがよいため、盗み聞きをされる心配がないのだ。あまり人も通らない上に、姿を見られても景色を眺めていただけだと言える。学院内であまり部外者に聞かれたくない話をする際に、よくエッカルトが好んで利用している場所であった。

「お待たせしましたかな、エッカルト先生」

背後から声を掛けられ、エッカルトは振り返った。茶髭の印象的な、中年の男が立っていた。

「おお、来たか。エドモン君」

「ここではお互い教師ですので、エッカルトさん」

エドモンと呼ばれた男が笑う。

元々、二人は王国騎士団の人間であった。

王立レーダンテ騎士学院は、かってはあまり実績の奮っていない騎士学院であった。元〈金龍騎士〉であったフェルゼンは、王国騎士団の退役に伴い、後続を育てるために学院長の座につき、教育者として専念することにしたのだ。

王立レーダンテ騎士学院は下級貴族や平民ばかりが通う学院であったが、フェルゼンが学院長となって以来、年々優秀な騎士を輩出するようになった。

そうなれば、面白くないのは、上級貴族が大半を占める王国騎士団上層部である。

騎士とは血筋と才能の世界であると、それが常識であった。力の源であるマナの性質や総量は、血筋に依存する。だからこそ貴族は、その家名に大きな権威を持たされてきたのだ。

血統主義の過激派達にとっては、王立レーダンテ騎士学院の存在は許容しがたいものであった。

そのため、表向きには騎士団と学院の繋がりを深めるためとして、牽制と調査、そして学院方針の改革を目的に、数名の騎士が教師として派遣されたのだ。その代表がエッカルトであり、エドモンもまたエッカルトの補佐を行う役割があった。

「既に聞いているだろうが、〈Dクラス〉と劣等クラスでの団体戦式の決闘を行うことになった。

所詮平民のゴミ共……カマーセン侯爵家の子息もいる私のクラスが負けるわけがないが、此度の決闘では確実に勝利をして、連中を学院から叩き出さねばならん。決闘の立ち合い人には、三人の教師が必要である。その代表を、君にお願いしたい」

「考え過ぎだとは思いますが、勿論引き受けましょう、エッカルト先生。他の二名も、私と仲の良い、平民嫌いの教師を集めておきますよ。エーディヴァン侯爵家であるエッカルト先生の名前を出せば、手放しで協力してくださることでしょう。万が一どころか、億が一も起こりはしないでしょうな」

「すぅばらしい！　ククク……ハハハハハ！　ようやく、あの生意気な劣等クラスのゴミ共の吠え面が拝めるぞ！　あの不快な凶狼貴族のガキを劣等クラスに叩き込むことに成功した上に、こうして大恥を掻かせて学院から追い出せるとは！　突然決闘だのと言い出したときには少々驚かされたが、いや、彼らは実にいい提案をしてくれたものである！」

　エッカルトは笑い声を上げて手を叩いた。

「この私が教師など、つまらぬ役割を押し付けられたと思ったこともあったが、思い上がった下級貴族や平民のゴミを、安全な位置から、合法的に甚振ってやれる！　ギラン以外の三人は、カスの劣等クラスとはいえ、ラッキーでたまたまこの騎士学院に入学できて、ご家族の方々もさぞ喜んでおったであろうなぁ、うむ、うむ。それが、早々にこの私に喧嘩を売って、無意味に出ていくことになるとは、何とも面白い！　これはどうして、なかなかの愉悦である！　ハハハハ！　彼らの生涯は、まるで最高のジョークではないか！」

「エッカルト先生……一応は、学院ですので」

　エドモンは眉を顰め、言い難そうにエッカルトへとそう口にした。

「おっと、少々気が昂ってしまったな、クク……」

「しかし、大丈夫なのですか？　劣等クラスのアインという生徒……迷宮演習では、ほとんど彼一人に思惑を崩されたという話でしたが。劣等クラスですし、入学試験では成績下位であったはずですが……妙に実技に長けているのでは？」

「なに、問題はないのである。勝利が同数であれば、〈Dクラス〉の勝ちという条件になっている。既に一勝得ているも同然。その上で、万が一が起こらぬように君達に声を掛けたのである」

「なるほど、さすがはエッカルト先生。抜け目はないということですな」

　エッカルトはバルコニーの手摺に手を置き、下を眺めた。丁度、寮へと移動していくアイン達の姿があった。エッカルトは品のない笑みを浮かべ、舌を大きく伸ばした。

「アインくぅん……これが、上級貴族であるこの私を……エッカルト・エーディヴァンを敵に回すということの意味なのだよ。確かに多少腕は立つようだが、おつむの方が弱すぎたようであるな。平民のクズ如きが、少しばかり勘違いをしてしまったようだねえ。決闘の日を、お楽しみに。せいぜい今の間に、ゴミはゴミ同士戯れているがいい」

7

団体戦形式の決闘の日の放課後、俺達は訓練場を訪れていた。迷宮演習での俺の班員とカンデラの班員に加え、〈Eクラス〉と〈Dクラス〉の生徒達が応援に来ていた。

教師陣はトーマスとエッカルトに加え、あまり知らない三人の教師がいる。

「あの三人は、立ち合い人だ。そして、この決闘の審判でもある。さすがにエッカルト自身が加わることはなかったが……あいつらも、エッカルトと同じく、血統主義の奴らだ。言い掛かりを付けて、すぐ反則負けを取ってきかねない。用心しておけよ」

「ありがとう、トーマス先生。情報感謝する」

審判が全員、エッカルト側、か……。それはあまり嬉しくない話だった。

「たまたまあの教師達が話しているところを聞いたのですが、カンデラ達の順番は、私達に合わせて発表してくるそうです。やっぱり完全にグルみたいです」

ルルリアが声を潜め、うんざりしたように言った。

四対四の団体戦だ。各班が先鋒、次鋒、副将、大将を決め、立ち合いの教師に伝えて同時に公開してもらう、という約束になっていた。

だが、どうやらカンデラ達は、先鋒、次鋒ではなく、誰に誰を当てるか、という考えで来ているようだった。

「ハッ、だとしたら、色々考えて決めてたのが馬鹿らしいな。適当に決めりゃよかったぜ」

ギランがそう零した。

「ほ、本当に、勝てるのでしょうか……？　だって、相手はただでさえ入学試験で私達を上回っている〈Dクラス〉ですわ。同点だと負けというのは、さすがにキツいんじゃありませんの？」

ヘレーナがびくびくとそう口にする。

「大丈夫だ。ギランの剣技は〈Dクラス〉に勝っている。ルルリアも魔術の腕は〈Dクラス〉以上だ」

ギランの剣技は元々〈Dクラス〉よりも上だった。比べたわけではないので、俺の考えでしかないが。本人ももっと上のクラスに入れたはずだと口にしていたし、それは思い上がりではないだろうと俺も思っている。それに、時間のあるときは毎日俺と稽古している。

ルルリアも、入学試験の結果では、ギランに並んで〈Eクラス〉トップであった。

平民は点数を下げられる傾向にあるという。ルルリアは貴族であれば間違いなく〈Dクラス〉に入っていただろう。いや、更に上のクラスにだって入れていたかもしれない。

ヘレーナは期待したような目で俺を見る。

「ん？」

「……アインさん、ヘレーナさんは、自分が褒められる番だと思っているんですよ」

ルルリアが俺の耳許でそう零した。……なるほど、俺はあまり察しのいい方ではないので、ルルリアの助言でようやく合点が行った。

「ヘレーナは……その、既に正面からの一対一で、〈Dクラス〉の生徒のデップを打ち破っているからな。今回の団体戦においてとても心強い」

「当然ですわ！　ヘストレッロ家の華麗なる剣技を今一度披露してさしあげますわよ」

ヘレーナは背筋を伸ばし、上機嫌に胸を張った。よかった……一瞬どこを褒めるか悩んだのだが、喜んでくれたようで何よりだ。

ヘレーナが倒したデップは、今回の団体戦にも出てくる。ヘレーナとデップが当たるのであれば、今回も彼女が勝ってくれる可能性は高い。

「引き分けはこっちの負けだからな。二回負ければ、その時点で俺らの負けだ。俺とアインはまず勝つだろうが、ルルリアとヘレーナが、どっちかは一勝してもらわなきゃならねぇ。女共、負けたら承知しねぇからな」

ギランがルルリアとヘレーナを睨む。

「勿論です。……私一人の戦いじゃありませんから、絶対に勝ってみせます」

ルルリアは深く頷いた。

「と、当然、全力は尽くしますわ……。で、ですが、勝てるかどうかは別の話かもしれないと言いますか……」

「嘘でも勝つっていいやがれ！　なんでいつも調子づいているクセに、こんなときだけ弱気なんだテメェ！　士気下げるんじゃねえ！」

「だだだ、だって、だって……今回は皆様の退学が懸かっていますし……いい加減なことは言えませんもの……」

　ヘレーナはルルリアの陰に隠れ、弱音を吐いた。ルルリアは若干呆れた表情を浮かべながらも、慰めるようにヘレーナの頭を撫でる。

「しかし、向こうが対戦順位を弄ってんのなら、尚更どこにどこぶつけてくるのか見物だな。あの四人の中に、アインを倒せる奴がいねぇのは、カンデラの馬鹿だってわかってるはずだが」

　ギランはカンデラを睨む。カンデラは余裕ありげな笑みを浮かべていた。勝って当たり前だと、そう思っているようだった。そして、どうやらそれはエッカルトも同じらしかった。

「いいかね、カンデラ君。この決闘で勝てば、劣等クラスは一気に戦力を失うのだ。おまけに、迷宮演習の件だって、劣等クラスの中にまともな証言ができる者はいなくなる。演習のやり直しの請求だって行える。そして、何より……」

「あのクズ共に、纏めて報復できる……僕はそれが一番愉快でなりませんよ、エッカルト先生。アインは少々厄介でしたが、まさかこんな馬鹿な条件を提示してきてくれるなんて！」

　カンデラはエッカルトと話しながら、俺の方を見て、嫌な笑みを浮かべた。

　ついに団体戦が始まった。俺達は四人、訓練場の中央に並んだ。

「主審は一年の学年主任である、このエドモンが行う！　まずは、戦いの順番を発表する！」

エドモン……口髭の濃い茶髪の教師が、そう宣言した。続けて〈ワード〉の魔術で、空中に文字を記していく。

〈Eクラス〉
先鋒：ルルリア
次鋒：ヘレーナ・ヘストレッロ
副将：ギラン・ギルフォード
大将：アイン

〈Dクラス〉
先鋒：クロエ・クレンドン
次鋒：ハルゲン・ハーゲスト
副将：カンデラ・カマーセン
大将：デップ・デーブドール

各クラスの戦う順番が表示された。

クロエは小柄な女子生徒で、ハルゲンは大柄の厳つい、禿げ頭の男子生徒だった。ハルゲンは体格では〈Dクラス〉一番だろう。ヘレーナは死んだ目で〈ワード〉で記された文字と、ハルゲンを見比べていた。

俺の相手は、カンデラの腹心の部下、デップだ。カンデラ本人が何か策を練って再び挑んでくるかと思ったのだが、デップをぶつけてきたか。

「狡い……！　同点なら勝てるからって、最初から大将戦を捨ててくるなんて！　散々普段は劣等クラスだとか馬鹿にしているのに、いつもいつも、こんな手しか使えないんですか！」

ルルリアが非難の声を上げる。

「あ、あの殿方、それなりに強かったと思いますわよ……？」

ヘレーナが必死にデップの擁護をする。

「ハッ、舐められたもんだなァ？　カンデラァ、俺なら勝てると思ったのか？」

「何を言うんだい、馬鹿犬君。この対戦表はたまたまだよ。まぁ、僕の実力はこのクラスの中でも抜き出ているし、君如きに負けるなんて端から有り得ないんだけど……そもそも僕は、君と相性がいいからねぇ」

カンデラはギランへと視線を返し、彼を挑発するように嘲笑った。

「大役を任せてもらってなんなんですが……本当に、俺ならアインに勝てるんですか？　カンデラさん？　あいつ、カンデラさんより遥かに強いですよね？」

「ん？　ああ、勝てる勝てる。ま……大将戦は行われないさ。二勝すればその時点で終わりだから」

カンデラはデップの疑問に、どうでもよさそうに雑に返していた。

8

「此度は例外的に決闘の校則を適用することになった。だが、あの校則は本来、学院改革の際に、フェルゼン学院長が実験的に取り入れたもの……。特に今回の件は諍いが発端であり、双方に怨恨があるものと考えている。精神面、技量面共に未熟な一年生同士を、入学早々のこの時期に、このような形で競わせれば、重傷者が出かねない」

主審役のエドモンが声を張り上げ、俺達にそう説明する。

「……なんだァ？　ここまで来て、決闘を中断させるつもりか？」

ギランが鬱陶しそうにエドモンを睨む。聞こえているはずだが、エドモンはギランの文句に反応を示さない。

「そこで今回は模擬剣での決闘として、相手を死傷させかねない一撃は禁じ手とする。真剣であれば勝敗を決していたであろう打突、それを我々が審判員として判断し、そのまま決闘の勝敗とする。また、当然のことながら、騎士道精神に反する行いにも厳しい対応を行う」

「ちょっと待て！　そりゃ型のお稽古かァ？　冗談じゃねえぜ！　そんな曖昧な勝敗、審判員の手心次第じゃねえかよ！」

ギランが反発する。

審判員の三人の教師は、エッカルトと同じ血統主義派閥の人間だという話だった。その三人に好き勝手に審判されれば、俺達にとって更に不利な戦いとなる。

「元々、決闘の審判に三人も用いているのは、上級貴族の多い学生の中から、死傷者を出さないための措置だ。それも今回は、カマーセン侯爵家の子息がいる。入学当初にこのような問題ごとを起こした劣等クラスが相手となれば、当然の措置だろう？」

エドモンが鬱陶しそうに答える。ギランの顔が引き攣った。

「まだわかっていないようであるな、ギランくぅん。これが我々を……上級貴族を、敵に回すということの意味だよ。私に刃向かった時点で、君達の運命は決まっていたのだ。いや、馬鹿な君の父親が刃向かった時点で、とでも言うべきか？」

エッカルトが大きく肩を竦め、ニヤニヤと笑みを浮かべる。

ギランがエッカルトに掴み掛かろうとしたのを、ルルリアが止めに入った。

「大丈夫です、ギランさん。魔術の方にさして制限が掛からないのなら、私は問題ありません。ギランさんも、アインさんも、こんな制限くらい何ともないって、私、信じていますから」

ルルリアはそう言って、先鋒戦の相手のクロエを睨んだ。

確かに一対一の決闘形式であれば、基本的には高火力魔術で相手を死傷させるより、最低限の威力の魔術で相手の隙を作って剣術で戦った方が確実だ。そういう意味では、魔術に関しては今回の決闘の『相手を死傷させかねない一撃は禁じ手とする』という枷を意識する必要は薄い。

プラスに考えれば、魔術制御に長けたルルリアにとっては、若干このルールは有利とまでいえるかもしれない。

「先鋒戦は、〈Eクラス〉ルルリア……〈Dクラス〉、クロエ・クレンドン」

エドモンの言葉で、ルルリアとクロエが前に出た。

クロエは小柄な、目付きの悪い女だった。黒髪を、三つ編みにして左右に垂らしている。

「俺達は二敗できねぇ。俺はカンデラなんぞに負ける気はねぇし、連中はアインとの大将戦を端から捨ててやがる。そんでもって、ウチのヘレーナはあのザマだ」

ギランが指でヘレーナを示す。ヘレーナの目は、敵側の次鋒であるハルゲンの、その屈強な肉体に釘付けになっていた。恐怖からか、身体がぷるぷると震えている。

「こりゃ、実質、先鋒戦が全てだなァ」

ギランが溜め息を吐く。

「大丈夫だ。付け焼刃とはいえ、俺は昨日、ルルリアとヘレーナの訓練に付き合った。ルルリアもヘレーナも、充分〈Dクラス〉の生徒に対抗できる力を持っている……」

俺はそこまで言ってから、もう一度ヘレーナを見た。

「ルルリア、お願いしますわ！　お願いしますわ！　絶対に勝ってくださいまし……！　一敗の状態で私に回ってきたら、お終いですことよ……！」

ヘレーナは目に涙を滲ませ、ルルリアへと祈っていた。

「……多分」

俺はそう付け加えた。ギランががっくりと肩を落とす。

「ルルリア……ね。恨みはないけど、アタシにも立場ってものがある。悪いけど、負けられないのよ」

クロエは受け取った木製の模擬剣を軽く振るい、ルルリアを睨んだ。それから後ろ目に、エッカルトとカンデラの姿を確認していた。

「私もそれは、同じことです。状況が状況ですから難しいですが、恨みっこなしでいきましょう」

「考え方が甘いわね。そんなことを気にしている余裕が、アンタにあるの？　ルルリア、アタシは今、勝つことしか考えていないわよ」

ルルリアとクロエの剣先が、同時に相手を捉える。

「先鋒戦、始め！」

エドモンの宣言で、両者が同時に動き出す。クロエは姿勢を落とし、一直線にルルリアとの間合いを詰める。ルルリアは後ろに跳んで間合いを稼ぎつつ、魔法陣を紡ぐ。

「下級魔術《ランク2》〈ファイアスフィア〉！」

ルルリアの剣先に展開された魔法陣の中央より、炎球が放たれた。クロエは舌打ちと共に横へ跳び、それを回避する。

その間にルルリアは、二発目の〈ファイアスフィア〉をクロエへと放つ。クロエは辛うじて背後へ跳んで避けたが、さっきよりもギリギリのタイミングだった。

更に放たれた三発目を、クロエは屈んで回避した。だが、頬を炎が掠めていた。

「その避け方は、危ないのでお勧めできませんよ、クロエさん」

ルルリアの言葉に、クロエが唇を噛む。

「近づく猶予がない……。この子、こんなに強かったの……？」

審判員の教師三人も、ルルリアの魔術の腕を前に、息を呑んでいた。エッカルトは露骨に苛立った表情を浮かべ、食い入るようにクロエを睨み付ける。

「何故、その程度の連弾に潜り込めないのだ！　クロエ君、私の顔を潰すつもりであるかっ！」

「エッカルトは考えが甘かったな。あいつは平民軽視が極端過ぎる。血統主義派閥が強くなってきたこの学院に、〈Eクラス〉とはいえ平民ながらにクラストップに入るルルリアが、無才なわけがないというのに。ルルリアは、明らかに天才の類だ」

トーマスがそう零した。

「チッ！　ちょっと〈魔循《まじゅん》〉がマシだったから僕の班に入れてやっていたというのに、劣等クラス相手に何たるザマだ！　君は実家の貧乏クレンドン男爵家のために、この僕とコネを作りたかったんだろうけれど……こんな大事な決闘で無様に負けるようなら、君の行いはマイナスに働くと思えよ！　わかってるだろうねぇ！」

カンデラが戦っているクロエへと叫ぶ。

クロエは唇を噛み、大きく後退した。

「近づけないなら、中距離戦で……！」

クロエが魔法陣を紡ぐ。

だが、それは明らかに失策だった。クロエには明らかに、ルルリアと魔術勝負ができる技量はない。発動する前に、ルルリアの放った炎球がクロエの手許へと飛来する。

「ぐっ！」

クロエは紡ぎかけた魔法陣を崩し、背後へ逃れようとした。

だが、爆風に巻き込まれ、体勢が崩れた。そこへルルリアが、次の魔法陣を紡ぎながら距離を詰める。

「初歩魔術《ランク1》〈アクアスプラッシュ〉！」

拡散する水が、クロエへと襲い来る。

「このっ！」

クロエは視界が飛沫に潰されている中、水を浴びながらも我武者羅に剣を振るう。

彼女の刃が、宙を斬る。その直後、ルルリアはクロエの死角に回り込み、彼女の首へと刃を突き付けた。刃が優しく、クロエの首へ触れるように叩いた。

「……終わりです、クロエさん」

「ア、アタシが、負けた……。劣等クラスの、平民相手に……」

現状を確認するように、クロエが力なく呟く。応援に来ていた〈Eクラス〉の生徒達が沸き、逆に〈Dクラス〉の生徒達は皆、葬儀のように押し黙っていた。

「ほう……やるじゃねぇか、ルルリア。これで俺達の勝ちは、決まったようなもんだなァ」

ギランが楽しげに笑う。

「ふざけるなよクロエ！　何というザマだこれはぁっ！」

エッカルトが叫び声を上げる。カンデラも、鼻に皺を寄せ、無言で舌打ちをしていた。

歓声の中、ルルリアが俺達の許へと向かってくる。

「かっ、勝ちました！　アインさん……私、無事に勝てました！」

「よく頑張った、ルルリア。これで団体戦に、かなり余裕ができた」

そのとき、ルルリアの背後より、殺気を感じた。クロエが、模擬剣の柄を強く握り締め、鋭い目つきでルルリアの背を睨んでいた。

「負けられ、なかったのに……負けるわけには……！」

次の瞬間、クロエは床を蹴り、ルルリアの後頭部へと剣を振るった。俺は間に分け入り、剣の柄で彼女の刃を止めた。

「決闘は終わった。何の真似だ？」

「う、うう……ううう……」

クロエは呻き声を上げながら、床へとへたり込んだ。

「いや……決闘は、終わっていなかった。そうであろう？」

クロエの突然の凶行に生じた沈黙を、エッカルトの声が破った。見に来た生徒達も、審判員の教師達も、誰もが『こいつは何を言っているんだ』という目でエッカルトを見ていた。

「真剣であれば、有効であった打突……それが、今回の決闘のルールであろう？　劣等クラスのルルリア君の刃は、打突とは言えなかった。微かに触れるような、弱いものだった。そう、そうである！　明らかに今回のルールでの勝利条件を満たしてはいない！　審判員達も、誰も、勝敗が決したとは口にしていなかったではないか！」

詭弁だ。勝敗が明確だったことは、ここにいる誰もが確信したことだった。

そもそも、他の誰でもないクロエが、自身の敗北を口にしていたのだ。仮にうなじにまともに打突が入れば、模擬剣とはいえ大事に至る可能性もある。

審判員の一人が、言い辛そうに口を開いた。

「エッカルト先生、それは流石に……。この決闘では、騎士道精神を重んじる。クロエさんは、自身の口で一度敗北を認められた。それに、背後を見せた相手への後頭部への一撃……今回のルールである、死傷させかねない攻撃を禁じること、そして騎士道精神の遵守、その双方を破っている。

エッカルト先生のお言葉とは言え、それを曲げるわけには……」

「いや、エッカルト先生の言う通りだ」

主審役のエドモンが、彼の言葉を遮ってそう口にした。

「今回のルールは、大前提が真剣であれば有効な打突。明らかにそれを満たしてはいなかった。クロエさんが認めたというのも、納得ができない。小声で何かを呟いていたようだったが……それは本当に、敗北を認めた言葉だったか？　そもそも相手に負けを認める言葉ではなく、独り言の類のように思えたが？」

エドモンは無表情で、そう言い切った。

「そ、そうです……そうでした！　後頭部への一撃が騎士道精神に反していると言いましたが、決闘中に突然背を見せればそれも仕方のないことでは？」

三人目の審判員が、口を挟む。エドモンが急いたように頷いた。

「先鋒戦、クロエ・クレンドンの勝利！」

エドモンが強引に言い切った。一瞬静まり返った訓練場が、〈Eクラス〉の生徒達によるブーイングの嵐になった。

「ハ、ハハハハ！　そう、そうだ！　過程がどうであろうと、勝てばいいのである！　よくやってくれた、クロエ君」

エッカルトが笑い声を上げる。ただ、肝心のクロエは、訓練場の中央で、茫然と立ち尽くしていた。

「奴ら、なんでもありかよ！　一切言い逃れの余地なく、叩き潰さねぇといけないってことじゃねぇかァ！」

ギランが声を荒らげる。

「ア、アインさん、私……絶対に負けちゃいけなかったのに、こんな……」

ルルリアが力なく零す。声が震えていた。俺はルルリアの背を撫でた。

「……俺も見落としていた。気づいていれば、忠告もできたんだが。ルルリアは本当よく頑張ってくれた。後は、俺達に任せてくれ」

俺達は今回、一回しか負けられない。団体戦の勝負の行方は……次鋒戦、ヘレーナに託された。

9　―ヘレーナ―

「嘘でしょう……？　今の、ルルリアの負けになるの……？」

ヘレーナは呆然と呟いた。

先鋒戦で敗北扱いにされたルルリアが、アインに肩を支えられて戻って来る。声を掛けてあげたかったが、そんな余裕はなかった。

次鋒戦はヘレーナの出番である。対戦相手は、禿げ頭が特徴的な大男、ハルゲン・ハーゲストだ。

「……ハルゲンは、入学試験で〈Dクラス〉のトップだった男だ。入学試験時、カンデラは負傷していて大きなハンデを背負っていたそうだから、奴より上だとは限らないがな」

トーマスがヘレーナへと残酷な事実を告げる。ヘレーナは顔面蒼白となった。

入学試験において〈Dクラス〉のトップのハルゲンを、アインを除いて成績最下位であったヘレーナにぶつける。明らかにこの采配は、ここで確実な一勝を得るためのものであった。

「チッ……ヘレーナァ！　ただで負けるくらいなら、あのハゲ男をぶっ殺して反則負けで戻ってこい！　舐められたまま終われるかよ！」

ギランがヘレーナへと無茶なことを言う。ただ、ヘレーナは思考が半分停止していたため、黙ってこくこくと頷いた。

「……ヘレーナ、重く考えすぎないでくれ。もし二敗取られても……俺がどうにか、三人が学院に残れるよう、学院長に頼み込んでみる。あまり頼りたくはないが、奥の手があるんだ」

アインはヘレーナの許へ来て、そう零した。

「ア、アイン……でも、三人って……」

アインは気まずげに顔を逸らす。言うかどうか悩んだのか、少し逡巡する様子を見せた後、口を開いた。

「そのときは……俺は残れない。学院長との関係が表沙汰になりかねない事態になったら、俺は戻されるだろう。だが、それでも、ヘレーナ達に会えて本当によかったと思っている」

普段はあまり表情を変えないアインが、そう口にしてヘレーナへと笑いかけた。

「アイン……」

ヘレーナは通り過ぎていくアインの背へとそう呟いた後、キッと口を結び、自身の頬を叩いた。

「わ、私、絶対に勝って来ますわ！　ヘストレッロ家の剣士が、あんなハゲ男に負ける道理はなくってよ！」

ヘレーナは大声で、高らかにそう宣言した。アインはヘレーナを振り返り、もう一度彼女へと笑い掛けた。

「ああ、ヘレーナ、頑張ってくれ」

ヘレーナはハルゲンと向かい合った。

「次鋒戦、〈Eクラス〉ヘレーナ・ヘストレッロ……〈Dクラス〉、ハルゲン・ハーゲスト」

主審役のエドモンの声に、ヘレーナとハルゲンが同時に模擬剣を構える。互いの剣先が、両者を捉えた。

「先の戦いでは、危ういところを見せてしまった。だが、ヘレーナ君は劣等クラスの中でも、最弱の生徒……ルルリア君とは違う。そこに、〈Dクラス〉の二番手であるハルゲン君をぶつけたのだ。わかっているな？　この戦いこそ、圧倒的に力差を見せつけて叩き潰すのである！」

エッカルトの言葉に、ハルゲンが笑みを浮かべた。

「と、いうことだ。この俺は、女だからと手加減はしない」

「貴方方なんて、私達相手に、卑劣な手を使わないと、手も足も出ないんじゃないですの！　でも、丁度いいハンデですわ！　お情けで最下位クラスから外された貴方方が、ルルリアやこの私と対等に戦えるわけがありませんものね！　ヘストレッロ家の剣術の前に、沈めてさしあげますわ！」

ハルゲンが表情を歪めた。エッカルトも鬼のような形相で、ヘレーナを睨んでいる。

だが、ことこの場に限っては、一切反論ができなかった。ルルリアを強引に負けにした直後だからである。ここで何かを言い返せば、その言葉には先鋒戦の戦いが過る。

「よく言ったぞ、ヘレーナァ！」

ギランが野次を飛ばす。それに続き、〈Eクラス〉の生徒達からエッカルト達への非難の声が飛んだ。

「ぶっ殺してやる……劣等クラスの、紛い物貴族が！」

次鋒戦の開始と同時に、ハルゲンは咆哮を上げながら、ヘレーナへと斬り掛かる。ヘレーナは辛うじて防いだが、速度が間に合っていない。おまけに力負けし、後方に大きく弾かれていた。

「ううっ……！」

体勢が整っていないヘレーナへと、追撃が叩き込まれる。ヘレーナは二打目で既に、辛うじて防ぐのがせいいっぱいになっていた。

振るわれるハルゲンの三打目、これはもう、防ぐのも避けるのも不可能だった。間に合わないと思いながら、剣を戻す。

何故か、間に合った。だが、その代わりにヘレーナの身体は、後方へと飛ばされた。

ヘレーナは腰から床に叩きつけられ、弱々しく立ち上がった。その間、ハルゲンの追撃は来なかった。

「貴方……何のつもりですの……？　わざと決定打を、二度も見逃すだなんて」

「エッカルト先生の指示だ。力差を誇示して勝て、とな。ハハハ、楽に負けられると思ったか？　怨むなよ、騎士爵の似非令嬢さんよ。俺だって甚振るのは趣味じゃないが、俺を侮辱したお前が悪いんだぜ？」

ヘレーナは痛みに耐えながら、ハルゲンへと剣を構える。


——ヘレーナが騎士を志した理由は、父親に認められたいからであった。

平民ながらに騎士に昇り詰めて貴族の位階を得たヘレーナの父は、彼女から見ても傑物であった。多くの魔技は門外不出である。また、どのような魔技を扱えるかは、その家系のマナの性質にも依存する。

平民であったヘレーナの父には、特別な魔技や魔術の才はなかった。ただ、突出した剣の才覚があった。

〈魔循〉の差による速度と膂力の差、それを覆すための剣技をほぼ我流で編み出し、研鑽を重ねていた。出遅れて先手を取れないのならば、後の先《ごせん》、返し技でいい。膂力が足りないのならば、相手の力を利用すればいい。

『……ヘレーナ、お前の母は、もういない。お前は女だが、俺の後を継ぎ……ヘストレッロ騎士爵家を存続させるのだ。この私の人生を捧げて編み出した技を身に付け、俺に認められる騎士となれ』

ヘレーナは、父親の編み出した剣の絶技と共に、地位を受け継ぐ。そのはずであった。

ただ、ヘレーナは、非凡であった父の技を会得することはできなかった。

マナに充分に恵まれないまま平民より貴族に成り上がった父。父親に認められたいだけで、言われたことをやるだけのヘレーナ。そこには覆しがたい、大きな差があったのだ。

ヘレーナは王立レーダンテ騎士学院の入試で落ちていてもおかしくはなかった。アインを除けば学年中最下位の成績である。仮に平民であれば、容赦なく落とされていただろう。

ヘレーナがハルゲンの剣に弾き飛ばされる。何度目になるかわからない光景であった。

初めはもっとやれと囃し立てていた〈Dクラス〉の生徒達も、ヘレーナのあまりに痛ましい姿に言葉を失っていた。

「いいぞ、ハルゲンよ！　劣等クラス共に教えてやるがいい、私に刃向かえばあのようになるのだと！」

静まり返った訓練場に、エッカルトの笑い声だけが響いていた。

「ほう、ついに降参しなかったとはな。その姿勢だけは褒めてやろう。だが、剣技は思ったよりはマシだったが、〈魔循〉が絶望的だな。劣等クラスと言えども、この学院にお前如きの居場所などない」

「だ、誰が、降参なんかしますの。このくらい、大したことありませんわ。こんなのがクラス内の二番手だなんて、〈Dクラス〉の実力にはがっかりですわね」

普段なら、とっくに折れていただろう。言動と実力の薄っぺらさは、ヘレーナ自身が痛いほど理解していた。騎士になりたいのも、一応は貴族であるという地位を失いたくないのと、周囲から認められたいがためのことでしかなかった。

ただ、今、この場は違う。自分が負ければ、他の三人が汚名を着せられたまま退学となることが決定する。

ヘレーナが初めて、他人のために勝ちたいと、そう思った戦いであった。

「ならば、本気で叩き潰してやろう……。俺は膂力を強化する魔技……〈剛魔《ごうま》〉を使える。わかるか？　今までは、実力の半分も出していなかったということだ。やり過ぎだと判断されれば反則になりかねないが、どうせエッカルト先生の手前、止められることはないだろう」

ハルゲンの纏う雰囲気が一変した。ただでさえ分厚い筋肉が、更に膨張し、力強く張った。

「お前の剣は、所詮は平民の剣だ！　才能のないものが辿り着く、小細工に過ぎん！　〈魔循〉による裏打ちの薄い、技頼りでしかない剣では、限界など最初から見えている。騎士爵から平民に戻って、せいぜい村の魔物退治でもやっているがいい！　それがお似合いだ！　それを俺が、この一撃で証明してやろう！」

ハルゲンはその剛力から、豪速の剣をヘレーナへと叩きつけた。

ハルゲンの剣が、ヘレーナの剣に当たる。このまま圧倒的な力で剣を弾き、ヘレーナを叩き潰す。

そのはずであった。誰もが、そうなると思っていた。

がくんと、ハルゲンの身体が前のめりになった。下にあったはずのヘレーナの剣が、ハルゲンの剣を上から押さえつける形になっていた。

ヘレーナの剣がハルゲンの剣に纏わりつき、弧を描く。搦め捕られたハルゲンの剣は、そのまま上へと真っ直ぐに払い飛ばされた。

ハルゲンの剣は、模擬剣であるにもかかわらず、高い天井へと突き刺さった。〈剛魔〉によって高めた力を、そのまま利用されたのだ。

「……ヘストレッロ家三大絶技の一つ、〈龍雲昇《りゅううんしょう》〉」

ヘレーナが呟く。

ハルゲンは何が起きたかわからないまま、後退りした。

その足をヘレーナが綺麗に払って転ばし、腹部に剣の一撃を叩き付けた。ハルゲンの硬い筋肉に木の刃が当たり、カァンと心地よい音を響かせた。

「雲を裂いて空へ昇るドラゴンに見立て、父が付けた名ですわ」

ヘレーナは、これまで一度も成功したことのなかった技の説明を、淡々と口にした。ハルゲンは聞いているのか聞いていないのか、ただ茫然とヘレーナを見上げていた。

少し、沈黙があった。

「どうなんだァ！　審判共！　これはどっちの勝ちなんだよ！」

ギランが挑発するように叫ぶ。

「じっ、次鋒戦の勝者！　ヘレーナ・ヘストレッロ！」

訓練場に、歓声が響き渡った。さっきまで嬉々として声を上げていたエッカルトは、へなへなと床へと崩れ落ちた。

10

「じっ、次鋒戦の勝者！　ヘレーナ・ヘストレッロ！」

審判員達がそう宣言した。訓練場に、歓声が響き渡る。

「やっ、やりましたよアインさん！」

感極まったのか、ルルリアが俺に抱き着いてきた。彼女の目に涙が浮かび、赤くなっていた。

「ヘレーナさんが！　ヘレーナさんが、ハルゲンを倒しました！　あのヘレーナさんが！」

「……『あの』は、余計だぞ？」

ルルリアが、さらっと酷いことを口にした。気持ちはわからないでもないが……。

ヘレーナの剣技は未完成だと、俺はそう思っていた。

隙があまりに大きいのだ。ヘレーナの剣は、相手がリスクを冒さずに攻め込める範囲があまりに広い。最初は未熟さのためかと思ったが、そもそも隙の大きい型なのだと気が付いた。

正確にいえば、隙が大きいのではない。相手の剣を誘い込み、誘導しているのだ。そこで相手の動きの幅を狭め、読み切り、返し技で仕留める。魔技にほとんど頼らない、極めた技量によって戦う技なのだ。

残酷なことに、ヘレーナには、相手の誘導した剣を捌く、最後の大事な部分が欠けていた。この剣術の型でさえなければ、ヘレーナは上のクラスだったかもしれないくらいだ。

だが、逆にその最後の部分さえ整えば、ヘレーナならば〈Dクラス〉の二番手であるハルゲン相手にも通用すると思っていた。

それにしても、魔術のルルリアに、剣技のヘレーナ、魔技のギランか。見事に三人の得意分野が分かれていた。

さっきまで嬉々として声を上げていたエッカルトは、へなへなと床に崩れ落ちた。

「す、すげぇ、なんだ今の技！　見ました、カンデラさん！　天井！　天井に突き刺さってますよ！　剣！」

デップは口を開けて天井に刺さった模擬剣を眺めたまま、身体全体を使って大きな拍手をヘレーナへと送っていた。

「ふざけてるのか貴様ァ！」

エッカルトがデップを怒鳴りつけた。デップはびくりと身を縮め、拍手を止める。

「何故だ！　何故、ヘレーナを勝者として宣言した、審判共ォ！」

エッカルトはエドモンを睨み付け、声を一層荒らげた。

「エ、エッカルト先生！　あれは明らかに、ヘレーナさんの勝利です！　返し技で剣を奪われ、続く剣で体勢を奪われ、真剣であれば確実に死んでいた一撃を受けていたのです。そこに何の不服が挟めると……あると、言うのですか？」

エドモンは必死にエッカルトを宥める。

「だ、だってだ、あったであろう！　ハルゲンが勝っていた瞬間が！　いくらでも！　じゃあハルゲンの勝ちであろうに！」

エッカルトは、気が触れたように、ハルゲンの勝ちを主張し続ける。ギランは訓練場全体に響き渡るように、大きな溜め息を吐いた。

「馬鹿か、エッカルト。甚振ってたから勝ちにしろって、騎士道精神違反の自己申告だろうが」

「犬っころ貴族のガキは黙っているがいい！　騎士道精神に反しているかどうかなど、審判の主観であろうが！　エドモン、答えるのだ！　どちらの勝ちか！」

「第一、戦地で敵甚振って反撃で腹割かれたら、負け以外のなんでもないだろうがよ」

「貴様は黙っているがいいと、言っているだろうが！　私はエドモン先生らに問うているのだ！」

エッカルトが顔を真っ赤にして叫ぶ。だが、審判の三人全員が顔を逸らしていた。

ルルリアの件は、確かにルールの見落としを責められる落ち度があったといえる。元々真剣ではないがために、寸止めではなく打突を以て決着とすると、そう明言していたのだから。しかし、この次鋒戦は、何をどうひっくり返して考えても、ハルゲンの勝ちにはなりようがないのだ。

「よかった……よかったです……。私、みんな退学になって、離れ離れになっちゃうんじゃないかって……」

ルルリアが、俺の服を摑む力を強める。

「ルルリア、気持ちを抑える術が欲しいのはわかるが、そろそろ離れるべきだ。皆が見ているぞ」

俺の言葉に、ルルリアはようやく自分が何をしているのかに気が付いたらしく、顔を真っ赤にして俺から離れた。

「すす、すいません！　アインさん！」

しかし、気になることがあった。ヘレーナの様子が妙なのだ。

対戦相手のハルゲンが未だに呆然と床に倒れたままなのはまだわかる。戦いを制した側であるヘレーナが、無表情で固まったままなのだ。

「ヘレーナ……？」

声を掛けると、ヘレーナの無表情が一気に溶け、彼女の目から大粒の涙が零れ始めた。

「かっ、かかかか、勝ちましたわ！　勝ちましたわ！　絶対、もう絶対駄目だと思っていましたのに！　私が、私が勝ちましたわ！　三大絶技は、十年近く研鑽を積んで、たったの一度も成功したことがない技でしたのに！　父様……父様、私、不出来な娘でしたけれど、ついにやりましたわ！」

ヘレーナは泣きながら満面の笑みを浮かべ、俺達へと大きく手を振った。

「みっ、見たかしら、この筋肉ハゲ達磨！　フフン、散々馬鹿にしてくれましたけれど！　ちょっと私が本気を出せば、こんなものでしてよ！」

……一気に元のヘレーナへと戻った。単に、襲い来る感情の波を、彼女自身が処理しきれなくなっていただけなのかもしれない。

ヘレーナはスキップしながら俺達の許へと戻ってきた。その頃には涙もとっくに止まっていた。

「見ていましたわよね、アイン、ルルリア！　どうかしら！　これが私の真の実力ですわ！　このヘレーナを、もっと崇め、讃え、褒めてくれたってかまわなくってよ！」

ヘレーナが大きく胸を張る。ヘレーナの後ろからぬっと現れたギランが、彼女の肩へと強引に腕を回した。

「いい技だったじゃねぇか、ヘレーナ。ぜひもう一度、お前と模擬戦をしてぇもんだなァ」

「そ、それはちょっと……。えっと、あのハルゲンの最後の剣は、速かったですけれど、単調でしたから……。ギ、ギランの訓練の相手は、アインにお任せしますわ」

ヘレーナが引き攣った表情で、媚びた笑みを浮かべた。……さっきまでは格好よかったのだが、やっぱりヘレーナはヘレーナらしい。

「ハルゲン！　貴様もどういうことであるか！　散々遊んで、なんだあの無様な敗北は！　わかっておるのであるか？　迷宮演習の件だけでも歴史的な大敗だというのに……この決闘で敗れれば、私も貴様らも、学院どころか貴族界の笑い者であるぞ！　どれだけ私の顔に泥を塗るつもりであるか！」

エッカルトは、倒れていたハルゲンの襟元を摑み、強引に起こして罵声を浴びせた。

ハルゲンが戦いを長引かせていたのは、エッカルトの指示だったはずだ。だというのに、ハルゲンはただ黙って暴言に耐えていた。

「このッ、ハゲが……！」

エッカルトが手を上げる。

「エッカルト先生、大丈夫ですよ。僕は、勝ちますから。カマーセン侯爵家の子息である僕が、凶狼貴族の子息なんかに負けるわけがないでしょう」

カンデラがエッカルトの背へと声を掛ける。

「そう言っていて、先の二人はあのザマであるぞ！　わかっておるだろうな！　貴様が敗れれば、大将はアレなのだぞ！　アレェ！」

エッカルトはデップを指差す。デップは不思議そうに首を傾げて背後を確認した後、腕を組んで胸を張った。

「よくわかりませんが、エッカルト先生、任せてください。俺とカンデラさんは勝つんで、三勝で終わりですよ」

エッカルトとカンデラは何か言いたげな表情を浮かべていたが、二人共デップに言葉を返すことはなかった。

「……しかし、しかしだ、カンデラ君、万が一……いや、億が一にも、この戦いで負けるわけにはいかんのであるぞ？　ギランと君と剣技は、正直五分だと私は見ている。何故、カンデラ君とハルゲンを前の二人にぶつけなかったのか、私は疑問だったのだ。結果的にハルゲンは敗れたが、戦法としてはそれが一番確実であったはずだ」

「相性ですよ、エッカルト先生。ギランは、僕には絶対に勝てない」

カンデラは大きく口を開き、ギランを見て笑った。

「それじゃ、カンデラのクソを捻り潰してくるぜ。消化試合みたいなもんだがなァ」

ギランもまた、カンデラへと不敵な笑みを向けた。

「油断はするな。何か、策があるのかもしれない。そうじゃなくても、審判に揚げ足を取られたら終わりだ」

「わかってるぜ。一分も文句を挟む隙がねえように、完璧に叩き伏せてやらァ」

11

「副将戦は、〈Eクラス〉ギラン・ギルフォード……〈Dクラス〉、カンデラ・カマーセン」

エドモンの言葉に、ギランとカンデラが剣を構え合う。

「つ、ついに、副将戦まで来ましたわ！　ギランの奴、勝てますわよね？　ね？」

「ここさえ凌げば、大将戦で負けることは絶対にないと思いますが……。アインさんが二度勝った相手とは言え、カンデラは間違いなく〈Dクラス〉最強の剣士です。向こうも勝算があって、対戦相手にギランさんを指名してきたはずですし……」

ルルリアとヘレーナは、少し不安そうな様子だった。

俺もギランが気を抜いていそうなのは多少不安だったが、心配はしていない。ギランは強い。

「お前ら、自由に対戦相手を選べたんだろ？　ああ、隠さなくていいぜ、バレバレだからよ。だが、俺との戦いは、捨てるべきだったぜ？　アイン同様になァ。先に二勝を取れずに、副将戦までもつれ込んだ時点でお前らの負けだ」

ギランの言葉に、カンデラはわざとらしく首を横に振った。

「気付いていないのかい？　ギラン……君は僕には、絶対に勝てないんだよ。なにせ、一番初めに決めたのは、僕が君を相手取ることだった。確実に勝てる勝負だから。それに平民のルルリアに偽貴族の騎士爵令嬢へレーナじゃ、誰が行っても勝てるはずだったからね」

「ほう？　死ぬほどつまんねぇ戦いになると思ってたが、そこまで言うなら退屈させてくれるんじゃねえぞ、カンデラァ」

「別に隠すことじゃないから、教えてあげるよ。君が僕に勝てない理由をさ。ギルフォード男爵家の秘伝魔技、〈羅刹鎧《らせつよろい》〉だっけ？　いや、あのマナの鎧は凄いよねえ。真剣があったって、僕じゃ何もできないよ」

「あァ？　何が言いたい？」

ギランが怪訝げに眉間に皺を寄せる。

「君は他人に興味がなさ過ぎる。あのね、僕は〈軽魔《けいま》〉が得意なんだよ。君が〈羅刹鎧《らせつよろい》〉を維持できるのは、たかだか一分前後だろう？　僕はその間、ただ〈軽魔〉で逃げ回ってやり過ごせばいい。そうしたら君は、すっかりマナを吐き出して、まともに〈魔循〉だって維持できなくなる。そうすれば……」

「もういい、黙れ」

ギランはカンデラの言葉を遮った。

「何……？　おい、どういうつもりだ？　ああ、わかった、今更、状況のまずさがわかって、必死に対策を考えてるんだ。劣等クラスらしい、負け犬の思考だね」

「審判、とっととと始めろ」

ギランはエドモンを急かす。

「副将戦……開始！」

エドモンはムッとしたように表情を歪めたが、すぐに開始を宣言した。

「さぁ、出してみなよ！　君の〈羅刹鎧《らせつよろい》〉をねぇ！　凶狼貴族如きじゃ、カマーセン侯爵家には敵わないって叩き込んであげるよぉ！」

カンデラが〈軽魔〉を用いて速度を上げ、ギランへと間合いを詰めた。

「二つ、勘違いしてるぜ。俺は他人に興味がないんじゃねェ、雑魚に興味がねぇんだよ」

カンデラの〈軽魔〉を用いた奇襲気味の一撃。ギランはそれを、難なく刃で防いでみせた。

「へ、へえ、初撃は防いだかい？　でも、ここからはどうかな！」

カンデラは再び〈軽魔〉を用いてギランの背後へと移動し、剣を振りかぶる。だが、剣を振るう手を慌てて変化させ、守りへと移行した。ギランの剣が、カンデラの剣へと打ち付けられる。

「ぐっ！」

「そんで二つ目の勘違いだ。お前の相手に〈羅刹鎧《らせつよろい》〉は必要ねえ。なんで俺の〈羅刹鎧《らせつよろい》〉を対策したら勝てると思ったんだ？」

ギランの連撃がカンデラを襲う。

〈軽魔〉は体重を軽くするため、移動には使えても、攻撃の前には解除しなければならない。こうやって連撃を受ければ、カンデラの技量では〈軽魔〉を挟む余地もない。

「馬鹿な……ギランの剣がここまで鋭いなんて、聞いていない！」

「俺は連日、アインに訓練に付き合ってもらってるからなァ。まさか、入学当初と同レベルだと思ってたのか？」

「う、うう、ううう……！」

ギランの連撃を受けるカンデラの顔から、どんどん余裕が消えていった。八打目で受け損ない、カンデラの剣が大きく後ろに弾かれた。ギランの剣が、カンデラの胸部を強く打った。

「うぐっ！」

カンデラは床に膝を突き、その場に屈んだ。

「期待外れもいいところだなァ。終わったぜ、審判」

ギランの声に、審判三人がおろおろと顔を見合わせる。

「まだだ！　どう考えても、今の一撃は浅かったであろうが！」

エッカルトが大声で叫ぶ。

「エ、エッカルト先生……ですが、このまま続けても……」

カンデラが胸部を押さえながら、苦しげに口にする。

間違いなく、まともに入っていた。模擬剣とはいえ、それなりに効いたはずだ。

「やるのだ、カンデラァ！　君が勝てると踏んで、受けた決闘であろうが！　君らはボロ寮に移って馬鹿にされるだけだろうがな、ここまでやって負ければ、私の名声は終わりなのだぞ！　逃げるつもりか？」

「じ、自己中クソ教師め……。僕は、カマーセン侯爵家の者だぞ」

カンデラがぽつりと呟いた。

「い、今、何と言った！」

「やりますよ、やればいいんでしょう……！」

カンデラがゆっくりと立ち上がる。

「あ、浅かったため、今の打突は有効打とは認めない……」

エドモンは、途切れ途切れにそう言った。

「別に俺は構わねえぜ。構えろよ、カンデラ」

「言われなくても……！」

カンデラは肩で息をしながら、剣を構える。

「クソ……クソ……！　こんなはずじゃ……〈羅刹鎧《らせつよろい》〉さえ使わせれば、勝てるはずだったのに……！」

「そうか、なら使ってやるよ」

「……は？」

ギランの軽い答えに、カンデラがぽかんと口を開く。

「〈羅刹鎧《らせつよろい》〉」

ギランの身体が、赤い光の鎧に包まれていく。

「し、しめた！　馬鹿め！　余裕振って余計なことをしたねぇ！　後はマナが切れるまで逃げ回って、〈魔循〉が弱まったところを攻めればいいだけだ！」

カンデラは〈軽魔〉を用いて、背後へと逃げようとした。事前の宣言通りの戦法を取るつもりらしい。

ギランが地面を蹴る。蹴った地面が黒く焦げ、大きく窪んだ。〈軽魔〉で距離を取ったつもりのカンデラに、一瞬で肉薄した。

「う、嘘、だろ……？」

「勘違いは三つだったな。こんな障害物もねぇ訓練場じゃ、お前の〈軽魔〉では逃げ切れねェんだよ」

赤い光に包まれた剣の一撃が、カンデラの身体を吹き飛ばす。カンデラは三メートル以上転がり、壁に背を打ち付けて止まった。

「ぐうっ！　がはっ！」

カンデラが身体を大きく捻り、苦しげに喘ぐ。ギランはカンデラへ近づき、〈羅刹鎧《らせつよろい》〉を解除した。

「どうしたァ？　次は俺のマナが減ったことに期待して、もう一度挑んでみるかァ？」

審判達は、気まずげにエッカルトを見る。

「行け、行くのだ、カンデラ！　私達はもう、引き下がれないのだ！　エドモン！　今のギランの一撃は、不充分な打突であった！　そうであろう？」

　エッカルトが泣きそうな顔で叫んだ。エドモンが嫌そうに唇を噛んだとき、カンデラが首を横に振った。目から涙が流れていた。

「エドモン先生……これ以上、無意味にカマーセン侯爵家の名前に泥を塗れない……。お願いだ、終わりにしてくれ……」

「カ、カンデラ君！　何を言っておるのだ！　大将戦は、デップ君とアインであるぞ！」

　エッカルトが説得するが、カンデラは完全に戦意を喪失していた。

「副将戦……勝者、ギラン・ギルフォード」

　エドモンが静かに勝者の名を宣言した。

　これで二勝一敗となった。同点であれば〈Eクラス〉の敗北という取り決めになっているため、次の大将戦で全てが決まる。

　しかし、既に勝敗は決したに等しい。カンデラは最初から、俺との戦いは捨てていたのだ。

「提案がある。これ以上はやらなくても……」

　俺がそう口にしようとしたとき、デップが意気揚々と控えの場で素振りをしているのが目についた。どうやらこのまま逃げることはできないらしい。

12

「大将戦は、〈Eクラス〉アイン……〈Dクラス〉、デップ・デーブドール」

俺はデップと向かい合い、剣を構える。いよいよ〈Dクラス〉との団体戦も、この大将戦で最後となる。

「頼む、頼むぞ、デップ君……。私には、もう、君しか希望がないのである！　君ならば勝てると信じているぞ！」

エッカルトが祈るように口にする。

「任せてください、エッカルト先生」

デップは胸を張ってそう口にする。

だが、カンデラに至っては既に戦いを見ていなかった。ぼうっと宙を眺めて、たまに小さく溜め息を吐いている。

「戦いの前に、言っておきたいことはあるか、アイン」

デップが俺に指を突き付ける。

「ん？　ああ、えっと……いい勝負しよう」

「フン、望むところだ」

「大将戦、開始……」

エドモンが、団体戦最後の戦いの始まりを宣言する。

開始と同時に、俺はデップへと接近して足払いを掛けて転ばせ、デップの背を剣で打った。勝負がつくまでには一秒と掛からなかった。

「大将戦……勝者、アイン」

エドモンは静かに、勝者の名を宣言する。エッカルトは顔を両手で覆い、その場に崩れ落ちた。さすがに無駄だと思ったのか、やり直しを要求してくることはなかった。

「これにて、〈Eクラス〉が三勝、〈Dクラス〉が一勝……。この団体戦形式の決闘は、〈Eクラス〉の勝利とする。よって校則に則り、迷宮演習での一件については〈Eクラス〉の言い分を認め、彼らへの退学等の処分は行わないものとする。また、〈Dクラス〉より妨害を仕掛けたものとして、彼らのクラス点に40点の減点措置を行う」

〈Eクラス〉の生徒達から、歓声が上がった。反対に〈Dクラス〉の生徒は、まるで葬式のように静まり返っていた。

ただでさえ迷宮演習の完全敗北で、クラス点最下位に落ち込んでいたのだ。ここで40点もの減点を受ければ、〈Dクラス〉の再浮上は絶望的なものとなる。

「フン、勝手なもんだなァ。俺らのときは散々退学だの何だのほざいていたくせに、連中に非があるとなっても、クラス点の処分だけとは」

カンデラ達はがっくりと肩を落として床を見つめたまま、顔を上げなかった。

ただ、俺達が退学になりかねなかったのは、無抵抗の、それも侯爵家であるカンデラを含む彼らを一方的に攻撃したと、そう思われていたのが原因だ。ただの演習中の喧嘩だったと証明されれば、妥当なところだろう。

それに、カンデラはその件については主犯ではない。別に叩かなければいけない相手がいる。

「俺は元々、カンデラ達を退学に追い込みたくてやってたわけじゃない。皆が残れることになってよかったよ」

「チッ、まぁ、あんな小物共虐めても仕方ねぇわな。どうせ侯爵家を退学になんて、学院もできねぇだろうよ」

ギランがカンデラ達を睨む。カンデラ達は何も言い返しては来なかった。さすがのカンデラも心が折れているようだった。

「みんなが残れることになって、本当によかったです……。私が負けた時には、もう駄目かと思いました……」

「フフン！　今回は私のお陰ですわね！　もっと感謝してくれてもよろしくってよ！」

ヘレーナが得意げに言えば、ギランが彼女の背を軽く叩いた。

「今回ばっかりは、ヘレーナのお陰だな。よくやってくれたぜ」

「ギ、ギランさんが私を褒めるだなんて、後が怖いですわ……」

ヘレーナが怯えたように肩を窄める。ルルリアがヘレーナの手を取った。

「本当にヘレーナさんに助けられました、ありがとうございます……。ヘレーナさん、あんなに強かったんですね」

　ヘレーナは耳まで赤くして、落ち着かなさそうに眼をあちこちへとやった。

「や、止めてください、私、その……褒められるの、慣れてないんですの……」

「ええ……普段あんなに、褒めて褒めてって煩いのに……」

　ルルリアが呆れたように眉を下げる。

　これで、〈Dクラス〉との抗争には完全に決着がついた。カンデラも、もう俺達相手に何かをする気力は残っていないだろう。降りかかる火の粉を防げれば、俺はそれでいい。

「待ってくれ、エドモン先生」

　俺は逃げるように去ろうとした、主審役だったエドモンを呼び止めた。

「な、なんだ、何か言いたいことでもあるのか？」

「校則の決闘を、このまま適用して欲しい。学院内の関係者であれば、誰に対してでも挑める、そういうことになっていたな？」

「はぁ……何をしたいのかはわからんが、相手が引き受けなければ意味がないのだぞ」

　エドモンが眉を顰める。

「エッカルト先生、俺はこの場で貴方を告発する。〈Dクラス〉の生徒に俺達を襲撃させ、魔物寄せの呪印文字《ルーン》まで持ち出した主犯であるとな。故に、貴方の辞職を求める」

そう……校則では、決闘の相手は学生に限定してはいないのだ。詭弁のようなものだが、教師相手に成立しないという趣旨の内容は一切存在しない。

「な、なんだと……？　教師であるこの私に、決闘を挑むだと？　どこまでもふざけた真似を……！」

エッカルトの声は、怒りに震えていた。

〈Dクラス〉の生徒は、エッカルトのような人間がいなければ、せいぜいしょうもない嫌がらせをするのが関の山だろう。

だが、エッカルトは違う。彼は身勝手で、狡猾で、あまりに邪悪だ。放っておけば、必ず逆恨みで俺の学院生活を脅かす。

「調子づくなよ、クソガキ……！　君が強いと言っても、所詮は学生間のお遊びごっこだ！　学院教師など、大したことはないかと思ったか？　残念であったな！　私は〈銅龍騎士〉であるぞ！　レーダンテ騎士学院に、騎士の誇りを穢す平民が多く入り込んでいると聞き、それを正しに教師として来たのだ！」

エッカルトはそう言うと、エドモンが片付けようとしていた模擬剣を奪った。

「よかろう！　だが、貴様にも、自身の退学を懸けてもらう！　もう逃げられんぞ、アイン！　エドモン、このまま審判を続行しろ！」

エッカルトは興奮したように息を荒らげながら、俺へと模擬剣の刃を突き付けた。

「ア、アインさん……それはさすがにまずいです！　エ、エッカルト先生は、騎士の中の騎士……〈龍章〉持ちですよ！　魔石の真相は、トーマス先生達にお任せしましょう」

ルルリアが不安げに俺へとそう言った。だが、それでは駄目だ。いつまで経ってもエッカルトは野放しのままになりかねない。

「大丈夫だ、すぐに終わらせる」

13

俺は訓練場の中央で、エッカルトと向かい合った。エッカルトは残忍な笑みを浮かべ、俺を睨んでいる。

「思い上がりが過ぎるぞ、アイン君！　この私に、一対一の決闘を挑むなど！」

エッカルトが俺へと吠え、模擬剣を向ける。

「エッカルト先生、ご指導願おう」

俺が模擬剣の先端をエッカルトへ向けると、彼のこめかみに青筋が浮かび上がった。

「エッカルト先生……さすがに大人げがないかと。私も多少は〈Dクラス〉には有利な判定を出すと約束したが、引っ込みが付かなくなってやり過ぎた。その上で、我々は完敗したのだ。ここは引き下がるべきかと。〈龍章〉持ちの騎士が、生徒と学院追放を懸けて決闘をしたなど、勝っても醜聞にしかならん。生徒の戯言に熱くなり過ぎだ。この条件は、了承しかねる。何より……後で、表立っての説明ができない」

エドモンが口にすると、エッカルトは模擬剣の先を床に打ち付けた。

「黙っているがいい！　決闘は教師の許可が必要だが、私が決闘を受け、私が決闘を認めたのだ！生徒の戯言とはいえ、私は大人数の前で侮辱を受けたのだ。学生とて一切の容赦はせんぞ！」

エッカルトは声を荒らげてそう叫んだ。

「そ、それでは……〈Dクラス〉の教師であり〈銅龍騎士〉であるエッカルト・エーディヴァンと、〈Eクラス〉の生徒であるアインの決闘を、開始する」

合図と同時に、エッカルトが、独特な歩術で間合いを詰めてきた。側面から斬り込んできたエッカルトの刃を、俺の刃で弾いた。エッカルトの二振り目を身体を引いて躱し、三振り目を剣で受け止める。

「す、凄い……！　あいつ、〈銅龍騎士〉の刃を捌いてるぞ！」

「強い強いとは聞いてたが、ここまでだったのか!?」

観客の生徒達から、どよめきの声が上がる。

「なるほど……確かに君は、学生の枠を逸脱した実力の持ち主である。勘違いして、思い上がるのもまあ頷ける」

エッカルトは薄く笑い、再び斬り掛かってくる。

「だが、いつまで耐えられるか、見物であるな！」

エッカルトは速度を上げて攻め立ててくる。剣の振り方が段々と複雑に、速くなっていく。

「どうした！　反撃に出る余裕がないかね、アイン君！」

エッカルトは連撃の中、身を屈めて俺の側面へと移動した。

「まさかここまでとは思っておらんかったが、これで終わりである！　安心するがいい、アイン君。君を追い出した後……あの三人は、一人一人追い詰めてやる。揃いも揃って、この私を、あれだけ虚仮にしてくれたのだからな！」

俺はエッカルトの剣を剣で防ぎ、そのまま軽く体重を乗せて押し返した。

「なっ……！」

エッカルトは背後に跳び、崩れた体勢を必死に立ち直し、俺の追撃を恐れて剣を防御に構える。

エッカルトは俺が追撃に出てこないのを知ると、小さく安堵の息を吐いた。

「な、なるほど……油断が過ぎたようであるな。しかし、千載一遇の機会を逃したな、アイン君。今攻めていれば、まぐれが狙えたかもしれんというのに。ま……そんなものが当たったとしても、何故か入りが浅く、有効打にはならんかもしれんがなぁ？」

俺はゆっくり、エッカルトへ剣を構えた。

エッカルトは俺の様子を見て、表情を蒼褪めさせた。

「まさか貴様……攻撃に出られないのではなく、攻撃に出なかったというのか……？」

エッカルトは、自分の言葉が信じられない、というふうにそう言った。

「どうせお前は、本気でやらないと、負けたときに納得しないだろ？　早く全力で来い、エッカルト先生」

俺の言葉に、エッカルトが目を見開く。

「なんと、なんと……！　図に乗り過ぎだぞ……小僧が！　いいだろう！〈銅龍騎士〉の力を見せてくれる！」

エッカルトの纏う気が変化した。

これは〈軽魔〉か。〈魔循〉以外の魔技を開放してきた。

身を屈めて床を蹴り、一直線に俺へと迫ってきた。さすがにカンデラの〈軽魔〉とは熟練度が違うな。

「くらうがいい！」

俺の横に立ち、剣を振るってくる。受ける直前で、一気に剣が重くなった。

俺はエッカルトの剣を、剣で防ぐ。鋭い音が訓練場に響いた。

「なるほど、〈軽魔〉で位置取りをして、即座に〈剛魔〉に切り替え、か」

「王国騎士団の中でも、ほんの一握りしか実戦に活かせない高等技術であるが、よく防いだものだ」

「基礎に忠実な技だ。……その性格さえなければ、教師には向いていたのかもな」

エッカルトの顔の青筋が増した。

「これだけではない！　〈魔技〉の扱いに長けたものでなければ、この私の連撃は凌ぎ切れんぞ！　全力が見たいと言ったな？　見せてやる！　我が絶技〈時雨刃《しぐれやいば》〉！」

　エッカルトは俺から〈軽魔〉で離れ、地面を蹴って宙を舞う。

〈軽魔〉は身体を軽くするため、速さ以外に、跳躍力を引き上げる。落ちてきたエッカルトが、俺の頭部目掛けて模擬剣を振り下ろす。

　防いで弾けば、また〈軽魔〉で宙に逃れ、俺の死角を狙って剣を振り下ろしてきた。俺はそれを容易く防ぐ。エッカルトはまた宙に逃れ、剣を振るってくる。俺はそれをも防いだ。

「なるほど、だから時雨か」

「なぜ、高速で死角を移動する動きを見切った上に、重力と〈剛魔〉の乗った一撃を容易く防ぐことができる……！　まさか、こんなガキが、私以上に魔技に長けているというのか……？」

「エッカルト先生、俺は〈軽魔〉も〈剛魔〉も、使ってはいない。宙に跳んだ時点で、お前の取れる動きは限定される。速さがなくても、動きを読んで死角を潰すのは難しくない。そして別に、膂力強化に特化した〈剛魔〉ではなくても、この程度の衝撃なら〈魔循〉の基礎身体能力向上だけで対応は可能だ」

「ばっ、馬鹿な！　そんな馬鹿げた話があるか！　ただの〈魔循〉で受けきるなど、どれだけ莫大なマナを秘めているというのだ！」

「不意打ちや咄嗟の一手としては使えないこともないが、何度も繰り返す技じゃない。一度見切られた時点で〈時雨刃《しぐれやいば》〉は封印すべきだったな」

俺はエッカルトを剣越しに宙へと押し上げ、守りを擦り抜けて胸部を刃で打った。エッカルトは受け身もまともに取れない姿勢で、床へと背を打ち付けた。

「うぶはぁっ!?」

どよめきの後、訓練場に歓声が巻き上がった。

「す、凄い、こんなことってあるかよ！」

「〈銅龍騎士〉のエッカルト先生相手に勝っちまったぞ！」

エドモン含む審判員達は目を丸くして、茫然と口を開けていた。

「エ、エッカルト先生！　騎士団よりレーダンテ騎士学院の調査と改善の代表として来た貴方が、こんな珍事で辞職になったら……私達は、どうしろというのですか！」

「ま、負けていない……」

エッカルトは力なく言い、剣を杖のようにして立ち上がった。

「そ、そうだ！　負けてはいない！　私は負けてなどいない！　今の一打は、浅かった……！　決定打とは言えん！　私は認めん！　私はまだ、負けてなどおらん！」

「む、無茶です！　エッカルト先生！」

エドモンが叫ぶ。エッカルトは胸部をまともに刃で打たれ、背を床へと打ち付けて喘いでいたのだ。この上なくわかりやすい敗北であった。

「俺は構わない」

俺はそう言い、エッカルトへ距離を詰め、剣を構えた。エドモンがぎょっとした表情で俺を見る。

「〈Dクラス〉の生徒に、あれだけ往生際の悪い戦い方を強要してきたんだ。自分だけ楽に終わろうなんて、虫が良すぎる。立て、エッカルト先生。何十時間でも、何百時間でも相手してやる」

14

何打目になるかわからない剣を、エッカルトの腹部に叩き込む。エッカルトは膝を突き、息を荒らげながら床へとへたばった。長い戦いのストレスと、自身の今後を考えた心労のためか、エッカルトの暗い緑色だった髪は、見事に白髪になっていた。

「まだやるか？　エッカルト先生」

エッカルトは答えない。

「しょ、勝者、アイン……」

「エドモン！」

戦いを終わらせようとしたエドモンを、エッカルトが怒鳴りつけた。

「エ、エッカルト先生……もう……諦めた方が……」

何度目になるかわからない勧告を、エドモンが行う。

「黙れ、黙れ！　黙れ！　ここまでやって、敗北は許されんのだ！」

「エドモン先生、俺は構わない」

俺はエッカルトの傍に立ち、彼を見下ろした。

「う、ううう……！」

エッカルトは震える手で剣を構え、ゆっくりと立ち上がる。

俺が剣を構えると、エッカルトは身体をびくりと震わせ、背後へ退いた。

エッカルトの本能が、既に俺と戦うことを拒否しているのだ。俺が剣をゆっくりと振るうと、エッカルトは剣を下げ、俺へと手を伸ばした。

「ア、アイン君……引き分け、引き分けにしよう！」

「なに？」

俺だけでなく、訓練場に居合わせた者全員が、何を言っているんだと思ったことだろう。

「そう、そうだ！　妙案だ！　引き分けにしようではないか！　引き分け！　引き分け！　それがいい！　わ、私は上級貴族で、かつ〈銅龍章〉持ち……！　私が騎士学院で揉め事を起こした挙げ句に決闘で敗れて辞職したとなれば、エーディヴァン侯爵家と、騎士団の〈龍章〉の沽券に関わる問題である！　君達の価値と私の価値は、対等ではない！　私と君とで、ペナルティが違い過ぎる！　それは不平等である！　だから、引き分けにしようではないか！　引き分け！　それがお互い、一番いいではないか！」

「言いたいことはそれだけか、エッカルト先生」

俺は剣をエッカルトへと向けた。

「お、おおお、落ち着くのである！　このエッカルト・エーディヴァンが！　君に譲歩してやろうと言っているのであるぞ！　そ、それを、なんと無礼な……！」

そのとき、訓練場の扉が開いた。

二メートル近い巨軀を持つ人影がゆらりと現れる。この学院でこんな巨体を持つのは、学院長のフェルゼンくらいのものだ。

「随分と面白いものをやっておるようだな」

「フェ、フェルゼン学院長……！　これは……これは、これは、その……ほっ、本日、生徒間の決闘があったのですが……それが終わった後に、生徒のアイン君に、稽古を頼まれまして……！」

エッカルトは滝のように汗を流しながら、そう言い始めた。フェルゼンの前で決闘について明かせば、後で決闘の内容に白を切ることができなくなってしまうと、咄嗟にそう考えたのだろう。

「ふざけるなエッカルト！」

「あれだけやって、今更なかったことにできると思ってるのか！」

「決闘だろうが！　誤魔化すんじゃねえ！」

だが、そのあんまりな態度に、〈Ｅクラス〉だけではなく〈Ｄクラス〉からもブーイングの嵐が巻き起こっていた。エッカルトはおろおろと生徒達へ目をやる。

「フム、生徒との決闘か。確かに校則では、生徒同士とは限定しておらんかったな。さて、どうした、エッカルトよ、続けよ。それとも、既に終わったのか？」

「う、うううう……！　うわあああああ！」

エッカルトは俺へと剣を向け、突き出して飛び掛かってきた。剣の技術も、〈魔循〉の裏打ちもない、やぶれかぶれの攻撃だった。

俺は力を込め、剣を振るう。エッカルトの模擬剣がへし折れ、彼の身体が訓練場の床へと叩き付けられた。

「勝者……アイン」

エドモンがそう宣言した。

「引き分け……！　どうか、引き分けだったことにしてくれ……！」

エッカルトは床の上で丸くなり、涙を流しながらそう訴えていた。

15

こうして、無事に迷宮演習事件は幕を閉じた。

あの後、学院長であるフェルゼンの指示で緘口令《かんこうれい》が敷かれ、エッカルトと俺の決闘については、口外しないということになった。表向きには教師の威厳のためということだったが、恐らく俺に気を遣ってくれたのだろう。

エッカルトとの決闘が目立ちすぎることはわかっていた。だが、エッカルトを追い出さなければ、ルルリア、ギラン、ヘレーナの三人も無事では済まない。

あの一件によって俺が〈幻龍騎士〉に戻されたとしても、彼女達のために決闘を挑まなければならないと考えていた。

ただし、あの後にすぐフェルゼンの命令で解散することになったため、エッカルトの扱いが実際にどうなったのかは、まだわかっていない。

翌日、トーマスが〈ワード〉の魔術を用いて、クラス全体に現在のクラス点を公開してくれた。

〈Dクラス〉：133【－40】
〈Eクラス〉：208

迷宮演習事件での妨害のペナルティもあり、〈Eクラス〉と〈Dクラス〉のクラス点の差は、既に七十点以上になっていた。

「よくやった……というのも変な話だが、これでまず、前期の間にクラス点が逆転することはないだろう。クラス点が大きく変動する行事もそこまで多くはないからな。新しい寮を期待しておけ」

トーマスの言葉に、ヘレーナがガッツポーズをして喜んでいた。

「これで、大部屋とのお別れもほとんど決まったようなものですわ！」

「やったなァ、アイン！　ハッ、カンデラ共の悔しがる顔が、頭に浮かぶぜ。しばらくはちょっかいも掛けられねえだろうよ。逆にこっちから出向いてやるかァ？」

ギランが豪快に笑いながら、そう口にする。

「大部屋でなくなるのは少し寂しい気もするが、仕方がないか」

俺の呟きに、ルルリアが苦笑いを浮かべた。

「アインさん、結構、寂しがりなんですね……」

「それから、だ。〈Dクラス〉の担任だったエッカルト先生が、急遽退職なさることになった。既にこの学院にはいない。ご実家のエーディヴァン侯爵家の問題だそうだ」

トーマスは、世間話でもするような気軽さでそう口にした。

「それって、明らかに昨日の……」

「そういうことだよな？」

すぐに教室全体がざわついた。

「なんでも歴史あるエーディヴァン侯爵家の名誉に関わる問題らしい。いい加減な噂を口にすれば、どんな目に遭うかはわかったもんじゃないから気を付けておけよ」

その一言で、教室中が一瞬にして静まり返った。

何にせよ、エッカルトは無事に退職したらしい。俺は安堵の息を吐いた。フェルゼンも、なるべく公にならないように手を回してくれているようだ。

エーディヴァン侯爵家の名誉に関わる問題というのは、実際まあ、あながち間違いということでもないだろう。次の〈Dクラス〉の教師は真っ当であることを願う。

16

ホームルームの後、座学を挟み、訓練場での模擬戦があった。俺がルルリアと組んで剣を打ち合っていると、すぐ背後から怒声が聞こえてきた。

「ヘレーナァ！　お前、昨日のあのすげぇ技はどこへやりやがったァ！　ぜんっぜん、それらしい動きもできてねぇじゃねぇかァ！　わざとやってんのか！」

「ひぃっ！　ど、怒鳴らないでくださいまし……！　そ、そんな怒られたって、できませんわ。だって、私が一番、再現したいですもん……」

……どうやら、ハルゲン相手に使った剣の返し技が、またできなくなってしまったらしい。結局ヘレーナには、またあの妙に隙の多い、歪な剣術だけが残ってしまった。

かなり繊細な技のようだったので、ヘレーナの練度ではその日の体調にもかなり左右されるのかもしれない。

「ヘレーナさん……昨日、凄く格好よかったのに……。だって、相手が多少気を抜いていたとはいえ、〈Dクラス〉の二番手であるハルゲンに勝ったんですよ？　それが、また普段のポンコツヘレーナさんに戻ってしまったんですね……」

……ポンコツヘレーナさんは止めてあげて欲しい。昨日とのギャップを考えると、そう言いたくなる気持ちもわかるのだが。

ヘレーナは剣の型さえ変えれば、それだけで一段は剣の技術が上がるはずだ。ただ、恐らく、返し技を完全にものにしたときのための修練も兼ねて、あの型を使い続けているのだろう。俺が口を挟んで変えさせれば、台無しになってしまいかねない。

「大丈夫ですかね……あの二人。あの、私、止めてきます。何なら、今からペアを変えませんか？　普段はアインさんとギランさんが組むことが多いですし……」

ルルリアがそう言い、彼らへと駆け寄ろうとする。俺はそれを手で止めた。

「いや、大丈夫だろう」

俺はヘレーナを手で示す。

「おら、もう一回やんぞヘレーナァ！　また同じところから斬り掛かるからな！」

「わっ、わかりましたわ！」

あの〈Dクラス〉との団体戦を経て、ヘレーナとギランの仲も多少は深まっているように思える。

ギランが荒っぽいのは不安だが、大きな問題に繋がることはないだろう。

17 ―トーマス―

「ひとまずこの一件は、終結したと見てよろしいかと思います、フェルゼン学院長」

学院長の部屋を訪れたトーマスが、フェルゼンへとそう口にする。フェルゼンは顔の皺を深め、笑みを見せた。

「騎士団から送り込まれてきた、血統主義連中が厄介だったが……一番の過激派だったエッカルトが退職したことで、しばらくは大人しくなるだろう」

ここ十年で、フェルゼンの手腕によって王立レーダンテ騎士学院は優秀な騎士を多く輩出するようになり、王国内での重要度も大きく増した。

だが、フェルゼンが平民寄りの方針であったため、王国騎士団の血統主義の派閥より怒りを買ったのだ。表向きには騎士団と学院の繋がりを深めるためとして、牽制と調査を目的に数名の騎士が教師として派遣された。その代表がエッカルトであったのだ。

レーダンテ騎士学院としても、侯爵家であり、現役の王国騎士でもあるエッカルトを無碍に扱うことはできなかった。

「しかし、王国騎士団の血統主義連中が黙っていますかね。エッカルトが退職させられたとなれば、我々に反感を向けるはず。それに、アインにも目を向けるでしょう。そうなれば、フェルゼン学院長の恐れる、〈禁忌の魔女〉とやらの不興を買うことにも繋がりかねない」

騒動を大きくしたのはアインだ。だが、その発端は、学院側が騎士団を立てて処罰できずにいた、エッカルトの存在にある。

アインは級友のため、エッカルトを確実に追い込める舞台を用意する必要があった。〈禁忌の魔女〉が一連の騒動を知れば、学院側がエッカルトに好き放題させていたことが原因であると、フェルゼンへ矛先を向けかねない。

「血統主義の連中が今回の件に口を挟み、アインに注目が集まればそうなるだろう。だが、当然、手は打ってある。エッカルトの実家であるエーディヴァン侯爵家にこの儂が直接出向き、前々からの奴の不始末と合わせて伝えておいたわ。連中は顔を真っ蒼にして、エッカルトは身内で処分するため、この件は内密にしてほしいと訴えてきおった」

「と、いうことは……」

「エッカルトの退職は家の事情、儂らが騎士団から責められることは何もない。儂らが迷惑しておったのだから、当然であるがな」

フェルゼンはそう言い、老獪に笑った。

「これで邪魔だった血統主義の連中の発言力を弱め、かつその代表家であるエーディヴァン侯爵家に大きな貸しを作ることができたわい。エーディヴァン侯爵家の名誉が懸かっているため、アインのことも大っぴらに話される心配はないだろう。〈禁忌の魔女〉の逆鱗に触れることもない、というわけだ」

「さすがフェルゼン学院長……たった十年少しで、落ちぶれていた王立レーダンテ騎士学院を立て直したというだけはあります。最近は随分と王国騎士団の顔色を窺っていると思っておりましたが……」

「儂が窺っていたのは、連中の顔色ではなく、機だ。騎士学院と騎士団の仲は、切っても切れん。最低限、顔を立ててやらねばならん面もある。無論、肝心なところを譲る気はないがな。利用していけばいいのだ。アインも、血統主義の連中も。清濁併せ呑み、自身の血肉に変える……。儂はそうやって、今の地位を築いたのだ。学生共にも、そのような強さを求めている」

「……フェルゼン学院長のことを誤解していました。騎士団の圧力に迎合してばかりいるつもりなのかと」

トーマスがフェルゼンへと頭を下げた。フェルゼンは声を抑えて笑った。

「フン、随分と安く見られていたものだ。この儂が騎士団に媚びているなど。お前をそれなりには信頼してやっているつもりだったのだが、お前はそうではなかったらしい」

「…………」

「まぁ、見識を改めたのならばよい。下がれ、人と会う約束がある」

「人と会う約束……？」

トーマスが首を傾げたとき、扉をノックする音が響いた。フェルゼンが椅子から真っ直ぐに立ち上がり、巨体に見合わぬ小走りで扉へと向かう。

常であれば、フェルゼンは相手が大貴族であろうとも、わざわざ自身で出迎えに向かうことはない。ただ、トーマスはフェルゼンのその動きに、何となく既視感があった。

眉を顰めながら、フェルゼンの背を目で追っていた。

「学院長が呼んでいると、教師の方より聞いた」

アインであった。フェルゼンは巨軀を丸めて小さくなり、手を揉み、強張った笑みを浮かべる。

ぐっと背を曲げ、猫背へと変わる。

「おお、アイン様！　いや、呼びつけるような形になってしまい、申し訳ございませんな。エッカルトの件で正式に儂より謝罪したく、このような場を設けさせていただきました。奴を野放しにしていたのは、その……儂にも立場というものがありましてな。あまりアイン様にちょっかいを掛けないように仕向けようとはしていたのですが、ここまで奴が、無思慮な行動に出ようとは……いやはや……」

さっきまでの威厳はなんだったのか、フェルゼンはぺこぺこと、卑屈なまでにアインに頭を下げる。

多くの生物は、外敵を威嚇するため、身体を張って自身を大きく見せようとするのだという。ただ、それが敵わない相手であれば、逆に身体を窄めて小さくなり、自身がとるに足らない存在であることを姿で主張し、難を切り抜けようとするのだとか。トーマスはフェルゼンの姿を眺め、ぼんやりとそのことを思い出していた。

「いや、謝りたいのは俺の方だ。無用に騒ぎを大きくした」

「いえいえ、まさか、そのようなことはございません！　あの、この件については、貴族連中があまり公にしたがらないよう、儂が既に手を回しておきましたので！　出過ぎた真似とは存じておりますが、あまり枢機卿様に話が行くのもアイン様にとっては不都合なことかと、控えめに、なるべく素っ気なく文に纏め、聖堂の方へ送らせていただきましたので！　アイン様は、何も心配なさらぬように……！」

「迷惑を掛けた、フェルゼン」

アインが頭を下げるのを、フェルゼンは慌てて手で止めた。

「おお、いけません！　勿体ないお言葉……！　いえ、儂としても、大いに助かりました！　まさか儂が手出しできずに困っていたエッカルトを、アイン様がこのような形で撃退してくださるとは！　ははは！」

「助けられたのは俺の方だ。恩に着る」

「〈神殺しの一振り《ミミングス》〉と畏れられるアイン様の武勇は、裏の人間の間でまことしやかに語られることがありましたが、実際お目に掛かることができ、光栄でございます！　エッカルトを打ちのめすアイン様の剣技は、聞きしに勝る技量でございました！　いやはや、百聞は一見に如かずとは、まさにこのこと……！」

トーマスは世辞を並べる機械と化したフェルゼンを睨み、表情を歪めていた。騎士団に媚を売るなど心外だと口にしていたが、どうやらアインには別だったらしい。トーマスは舌打ちをすると、アインを横切って部屋を出ようとした。

「なんだ今の舌打ちは、トーマス。返答次第ではただでは済まさんぞ」

フェルゼンはすくっと腰を上げ、トーマスを睨み付ける。

「アインも騎士団も利用してやると息巻いてたのはなんだったんだ」

トーマスの言葉にフェルゼンは顔を蒼くし、再び素早く身を縮める。

「ちっ、違うのです、アイン様、それは……！」

トーマスは溜め息を吐き、部屋を出ていった。

書き下ろし『学院の暗部、〈謀略のスカー〉』

1 ―スカー―

王立レーダンテ騎士学院、校舎の旧棟にて。二年生の男子生徒数名が集まっていた。

他の生徒達が立っている中、一人だけ階段を椅子にして座る、大柄の男がいた。髪は紫色で肌の色は浅黒い。

彼の名はスカー・スレンズ。スレンズ伯爵家の子息であり、所属は二年の〈Aクラス〉である。

「スカー様……今年の一年生は、劣等クラスが早々に〈Dクラス〉相手に異例の集団形式の決闘を挑んだそうです。〈Dクラス〉からはカマーセン侯爵家を筆頭とする貴族の者達が……そして対する劣等クラスを率いるは、男爵の……それも、凶狼貴族と揶揄される、下賤なギルフォード家。他の面子は実質平民の騎士爵と平民の寄せ集めで、貴族でさえなかった、と」

彼らが噂しているのは、アイン達のことであった。ただ、彼らはアインがリーダー格であったとは夢にも思っていなかった。元々、貴族界隈で評判の悪いギルフォード男爵家である。彼が率いていたに違いないと、そう思い込んでいた。

「ギルフォード男爵家か……。当主のことはよく話に出るが、つくづく目障りな下級貴族だ。狼のガキは狼らしい。この貴族の集う騎士学院で、早速舐めた真似をしてくれたもんだ」

スカーが舌打ちをする。

「話はそれだけじゃないんですよ、スカー様。何とこの決闘……制したのは、劣等クラスだったという噂です。詳しいことは、カマーセン侯爵家の名誉のためか伏せられているようですが」

「なんだと……？　カマーセン侯爵家といえば騎士の名家だったが、〈Dクラス〉に入った上に平民の寄せ集め相手に敗れるとは。チッ、しかし、気に喰わん、気に喰わんなぁ、ギラン・ギルフォード……」

「スカー様、これは〈貴き血の剣《ノーブルナイツ》〉の〈四騎士会議〉に持ち出すべき案件かと」

男子生徒の口にした〈貴き血の剣《ノーブルナイツ》〉とは、血統主義の生徒間で発足した、王立レーダンテ騎士学院から平民を排斥することを目的とした連盟のことである。一年生への勧誘はまだ本格的には行っておらず、現在は二年生、三年生が主要なメンバーとなっている。

スカーは〈貴き血の剣《ノーブルナイツ》〉の幹部である〈四騎士〉の一人であった。そして四人の幹部が集う会議の場を〈四騎士会議〉と呼ぶのだ。

「いいや、〈四騎士会議〉に持ち出す必要はない。ギルフォード男爵家のガキには、俺様が直接報復してやろう。ククク……ガキ一人いびるだけで、カマーセン侯爵家に恩が売れるんだ。〈四騎士〉の手柄にするには惜しい案件だろう」

「さすがスカー様！　しかし、具体的にはどうするおつもりで？」

「そうだな……下手に動いて、学院側から〈貴き血の剣《ノーブルナイツ》〉に目を付けられても面白くない。ギラン・ギルフォードは、随分と喧嘩っ早いみたいじゃないか。お前らが、ギランが平民と二人でいるところを挑発して、相手に手を出させるってのはどうだ？」

「なるほど、それを問題にする、と。ただ、貴族同士の暴力沙汰だけでは、退学まで持っていくのは難しいのでは？　他の処分など、あってないようなものです。計略を巡らせてまでやる価値はありません。スカー様が矢面に立って動くのは避けたいのでしょう？　そうなると、俺達は子爵以下ばかりですし……」

同程度の爵位同士の揉め事であれば、スカーの手下が学院から贔屓目に判断されることもない。どちらにも非があったとなれば、ギランを退学まで持っていくことはまず不可能だ。せいぜいが謹慎処分だろう。

「フン、だから平民と二人でいるところを狙えと言っている。もう少し頭を使え」

「えっ……ど、どういうことですか、スカー様？」

「貴族同士の争いへの介入など、教師共も嫌がるからな。教師に散々脅しを掛けた後に、こう言ってやるのだ。『横にいた平民もギランを捲し立てていて、ロクに止めなかった。いや、むしろ嗾《けしか》けに来ていた。奴の方が気に喰わない』とな。つまり折衷案として、平民の退学を持ち出すのだ。貴族同士の揉め事に巻き込まれることを嫌がった教師は、必ず乗ってくる。無論、俺様もスレンズ伯爵家の名を出して援護する」

「なるほど……ギランではなく、その級友の平民を狙うのですね」

「クク、貴族を潰すのには手間が掛かる上に、迂闊にやればこちらも傷を負いかねん。ギランも仲のいい平民が自身の蛮行のせいで退学になったと知ればショックを受けるだろう。自分に非がある揉め事で身代わりとして級友が処分されて自分だけ残ったとなれば、平民ばかりの劣等クラスにも居辛くなる。ひとまずの報復と牽制としては充分……上手くいけば、自主退学まで持っていけるはずだ」

「完璧な計画です。やはりこの旧棟に呼び出すか、学院迷宮に潜るのを待ちますか？」

「いや、気の短いギランが標的だ。証人は多い方がいい、大っぴらで構わんだろう。呼び出すのもそう簡単ではない、事が大きくなりかねん。機を窺っている間に他の〈四騎士〉に抜け駆けがバレても面白くない。それに、スレンズ伯爵家を敵に回してまで、こちらに不利な証言をする馬鹿な生徒が何人いる？」

スカーはそう言って笑った。彼の手下達も続いて笑い声を上げる。

「無論、念には念を入れ、事前に証人役の生徒も数名用意しておく。血統主義寄りの教師にも話を通しておく。根回しは大事だからな。戦いとは、始まる前に終わっているもの。それがスレンズ伯爵家のやり方だ。ギラン・ギルフォード……貴様が敵に回したのは、この学院の暗部そのものだと思い知るがいい。本物の貴族の恐ろしさを教えてやろう」

2

放課後、俺はルルリア、ギラン、ヘレーナと一緒に廊下を歩いていた。

「クソ……座学と魔術は、はっきり言って得意じゃねえからなァ」

ギランが溜め息を吐く。

今日の授業の内容がまさにその二つだったのだ。筆記の小試験と魔術の実技があった。

ギランは剣術特化型である。座学や魔術の成績はさほど高いとはいえない。結果もきっちり数値化されていたのだが、そのどちらもルルリアに負けていたことを気にしている様子だった。

「はぁ……何を言っていますの、ギラン。各地方の歴史、宗教、事の成り立ちやその背景を理解しておくことは、騎士にとって、とても大事なことですのよ。各貴族家の関係性やしがらみを理解しておかなければ、騎士として指揮を行う立場にはとても立てませんでしてよ。ギラン、貴方の一番の欠点でしてよ。ギランの父親も、それで随分と損をしているのではなくって？」

ヘレーナがここぞとばかりに大袈裟に肩を竦め、ギランへと講釈を垂れる。

「アインとルルリアに言われても気にならねぇが、テメェに言われると無性に腹が立つんだよ！親父のことまで持ち出すんじゃねえ！　ヘレーナの分際で、俺に正論かましやがって！」

俺は苦笑しながら二人を眺めていた。ヘレーナの分際で、はさすがに酷過ぎるような気もするが。

「ひいっ！　ルルリアァ、ギランが怒りましたわ！」

「……ヘレーナさん、私をギランさんへの盾にするの、お家芸にするの止めてくれませんか？」

ルルリアが、自身の背に隠れるヘレーナへとジト目を送る。

「だだ、だって！　だって！　ギランの奴、すぐおっかない顔して怒鳴りつけてくるんですもの！　ちょっと煽っただけなのに！」

「煽っている自覚はあったんですね……。その内、本当に斬られますよ？」

ルルリアが溜め息を吐いた。

「第一、ヘレーナさん、座学の小試験の結果、ギランさんに負けていましたよね……？」

「テメッ、それでよくも俺にあれだけ偉そうな口叩けてたもんだな⁉」

「ななっ、なんでバラしたんですの！　教え合ったときに、私の結果はアインやギランには伏せておくように言ったじゃありませんの！　嘘吐きっ！　ルルリアの嘘吐き！」

「ヘレーナさんのギランさんへの態度を見ていると、つい……」

ギランが頭を掻きながら、ルルリアとヘレーナの様子を眺める。

「ああ、クソ、ヘレーナの奴を見てると、わざわざ怒るのも馬鹿らしくなってくるぜ。怒りより呆れの方が強くなっちまう。アイツは一体、何なんだ」

ギランが俺に並んでそう口にした。

「ヘレーナは感情的というか……騒がしくて明るく、見ていて飽きない。彼女がいるとそれだけで場が和む。そういう点で、俺はヘレーナを尊敬している」

元々、俺が学院生活をしたいとネティア枢機卿へ頼んだのは、明るく楽しげな学院生活に憧れたからだ。ネティア枢機卿からも、この機会に世俗を学んで来るように、と命じられている。

ヘレーナがいるだけでいつも集団の空気が緩み、楽しげな雰囲気になる。筆記試験の結果にはあまり反映されていないようだが、彼女は貴族界隈で渡り歩くための世俗にも長けている。

また、俺はこの学院でもよく、人間味が薄い、真面目過ぎると評されることがあり、そのことを少し気にしていた。だが、ヘレーナはその人間味と不真面目さと、俺の持っていないものの双方を有している。ヘレーナはある意味、俺の憧れを象徴するような人物であった。

「アイン……まさかお前、ああいう女が好みなのか？」

「好み？　好きか嫌いかで言えば、〈Eクラス〉の級友達は全員好きだが」

「お前は本当に真面目だな……。その、色恋的な意味でよ」

「ふむ……？　今一つ、その感覚はよくわからんな」

ギランと話しつつ校舎の外に出たとき、さっと二人の男子生徒に行く手を阻まれた。

たまたま前を遮る形になったわけではなさそうだ。二人共ニヤニヤと質《たち》の悪い笑みを浮かべ、俺達の顔を見ている。

彼らの顔に見覚えはない。少なくとも〈Eクラス〉や〈Dクラス〉の生徒ではないはずだ。

ルルリアとヘレーナは少し後ろにいる。こちらの様子には気付いているようだが、どうすべきか迷っているようだった。俺は目で合図を送り、その場で留まっているように伝えた。巻き込まれないように距離を空けた方がいい。

ギランは舌打ちをしながら横に避けようとしたが、相手の男は腕を伸ばしてそれを遮った。

「ヒヒッ、おおっとつれねえな。こっちは、わざわざ一年坊主の面を拝むために待っててやったのによ。先輩への敬意が足りないよな、ギルフォード君」

「……テメェら、上級生か」

ギランが二人の顔を睨む。

「如何にも。二年の〈Bクラス〉、ロバート・ロンド。ロンド子爵家の子息だ。クソ生意気な、狼君の面を確認しておきたくってな」

ギランの行く手を遮った方の男が名を名乗る。

「ロンド子爵家……？」

ギランが目を細める。

「因縁があるのか？」

ギルフォード男爵家は貴族界の中でも厄介者扱いされているという話だった。面識のない上級生がギランに声を掛けてきたということは、恐らくそこの関係だろう。

「あー……知らねぇなァ。いや、領地が近いから、そら名前には聞き覚えがあるがよ」

「なっ！　よ、よくぞ言えたものだ。俺の父は、貴様の父に無礼を働かれたと憤っていたがな！」

「んなもん知るかよ。テメーらの派閥が高慢な馬鹿ばっかりなんだよ。親父だって、お前の家に何したのかなんざ多分覚えてねーよ」

ギランが面倒臭そうに言う。相手の男が青筋を浮かべた。

「なんだと……！」

「お、落ち着け、ロバート。お前が怒ってどうすんだよ。スカー様に言われたことを忘れたのか？」

「そ、そうだな……」

ロバートは、一緒に来たもう一人の男に宥められていた。

「行こうぜ、アイン。こんなしょっぱい奴らに関わってても仕方ねーよ」

ギランが欠伸交じりにそう口にした。

俺も頷いてギランに賛同した。学院内で揉め事を起こしては面倒だ。

ギランがひょいと身体を曲げ、ロバートを避ける。俺もそれに続いて歩いた。

「とっ、とんだ腰抜け野郎だなぁ！　どんな威勢のいい奴かと思ったが、ビビッてこそこそ逃げていくとは！　そうやって劣等クラスで、平民とつるんでるのがお似合いだぜ、凶狼貴族！」

ロバートがギランの背へと叫ぶ。ギランはロバートを振り返って睨み付けた。

「ギラン、ほら、行こう」

「……あァ、そうだな」

ギランはそう言うが、明らかに苛立っている。とっととこの場を離れた方がよさそうだ。

その瞬間、ロバートが素早い動きでギランにまた回り込んだ。このマナの感じ……〈軽魔《けいま》〉を使っている。

そのままロバートはギランへと拳を振りかぶった。ギランは腕で顔を防ぎつつ、背後へと身体を大きく仰け反らせた。

拳は届かなかった。ロバートは、ギランの腕の前で拳を止めたのだ。

「あァ……？」

ギランはガード越しにロバートを睨み付ける。

「ぷはははは！　腰抜けの、とんだビビリ野郎だなぁ！　見たかよ、あの動き！　こんな腕ぶんぶん振り回して、大袈裟に仰け反ってたぜ！」

「ははは！　仕方ねぇよ。一年の、それも平民ばっかの劣等クラスに編入された雑魚じゃ、〈軽魔〉を使いこなせる奴なんていないだろうからな。ロバートの動きにビビっちまってもよ！　いや、にしてもさっきの動き、傑作だな」

上級生の二人が笑いながらそう話す。ギランはロバートを睨み付け、握り拳を作る。

「おっ？　どうしたぁ、ギルフォード君。無茶すんなよ、振るえもしない腕なんか上げちまってよ？　僕ちゃんは怒りましたーってパフォーマンスか？」

「ギラン……落ち着いてくれ。連中、何か妙だ」

俺はギランの肩を押さえた。

ロバート達はさっきから執拗にギランを挑発している。単に気に喰わない下級生の面を見にきただけ、だとはとても思えない。彼らの行動には明確な意図を感じた。

「わかってるがよ、さすがにここまで言われて黙ってるってのは性に合わねえな」

「ほれ、ほれ、ギルフォード君。やれるもんならやってみろよ、できねぇだろう？」

ロバートが自分の顔を突き出して、人差し指で自身の頬を示す。

「止めておけ。そんな奴ら、相手をする価値もない」

俺はギランの溜飲を下げて落ち着かせるため、敢えて角の立つ言葉で説得に掛かった。そのとき、ロバートは俺へと唾を吐き掛けてきた。ギランの身体を押さえる方を優先していたため、俺は敢えて唾を避けなかった。肩にロバートの唾が掛かった。

「はぁ？　価値もない？　平民如きがよ、貴族様に随分な口の利き方じゃねぇの。価値がないのはお前の存在だよ馬鹿。似非貴族のギルフォード君と仲良くして、平民が貴族に楯突いてもいいって勘違いしちゃったかな？　引っ込んでろよ、マナのない痩せた血が」

ロバートが俺を睨み付けてくる。彼と視線が交差した。

「今の言葉よ、素でムカついちまったわ。お前よ、顔は覚えたから覚悟しとけよ。ここ王立レーダンテ騎士学院……元々お前とは場違いな貴族の集まりなんだよ。こんなところでこのロンド子爵家を敵に回したらどうなるか、きっちりその不出来な頭に教えてやるぜ。貴族を消すのは面倒だが、平民相手なんざどうとでもなるんだ。ギルフォード君如きに庇い切れるかな？　ヒヒッ」

「……俺だけじゃなく、アインまで散々馬鹿にしてくれるとはな。いいぜ、ロバート。そんなにぶん殴って欲しいならやってやらぁ」

ギランが拳を強く握り、ロバートを睨み付けた。それを見て、ロバートがニヤリと笑う。

「おいおい、キレた振りして必死に脅しを掛けるのはやめろよ、ギルフォード君。滑稽だぜ？」

「ただ、後悔するんじゃねえぞ、センパイさんよ。お前が思ってるより、ずっとこの一発は高くついたぜ」

ギランから赤い蒸気が昇り始める。

「ハハハ、とんだ腰抜けだな。魔技で脅しを掛けられたから、意趣返ししようってか？　やることが単調だな、相手の鸚鵡返しなんざ。凶狼貴族君のオツムではそれが限界かな？　こんな公衆の場で、魔技まで使ってぶん殴る奴がいるわけないってすぐにわかっちゃうだろ？」

「おい……待て、ロバート。あ、あいつ、本気っぽくないか？」

彼の身体から漏れたマナが実体を持ち、身体が薄く赤い光に包まれていく。特に握り拳の右腕は、厚いマナの鎧に覆われていた。

ギランの得意とする魔技、〈羅刹鎧《らせつよろい》〉だ。放出したマナを変質させ、自身の身体を守る魔技だ。

だが、その本分は、身体に漏れ出るまでに溢れたマナによる膂力の強化にある。

おまけに〈剛魔《ごうま》〉まで併用している。腕の筋肉が膨張し、皮膚が千切れんばかりに張っていた。

「ギラン、それはまずい！　止まれ！　落ち着け！」

俺はギランを強く押さえた。〈羅刹鎧《らせつよろい》〉まで使ってぶん殴ったら、最悪相手が死にかねない。

「おお、おお、大層な脅しじゃないか、ギルフォード君。でもそれじゃあよ、下がってください、お願いしますって、必死に懇願してるみたいだぜ？　俺らには通用しねぇよ」

「ロ、ロバート！　引くぞ！　かっ、軽く一発でいいんだよこっちは！　あんなの受けたら、顔がなくなるぞ！」

ロバートはギランへ向けて笑みを浮かべていたが、ロバートと一緒にいる上級生は必死に彼を止めている様子だった。

「一年坊主相手に、チキンレースで引けるかよ。だいたい、あんな魔技持ち出して殴る馬鹿がどこにいる？」

ロバートは仲間の制止を振り切り、ギランの前へと飛び出してきた。俺がギランを押さえていたのに、向こうからわざわざ拳の間合いにあっさり踏み込んでくるとは思わなかった。

「ほうら、よく狙えよ。ギルフォード君……それとも、最初から当てる気はないのかな？　半端な脅しで、引き際を見失っちゃったね……うぉるぶびゃぁぁあっ！」

真っ直ぐ振り抜かれた赤い拳が、ロバートの額に直撃した。ロバートの身体は優に十メートル以上飛んでいき、地面に落ちてからも激しく転がっていった。ロバートは身体をくの字に折り曲げた状態で、ぴくぴくと全身痙攣させていた。

「ロバートォォオ！　しっかりしろぉ！　お、おい、生きてるか！　お前っ！　か、軽く殴らせたら、それでよかったんだよ！　凶狼貴族が何するかわかんねー馬鹿貴族だって、わかってただろうが！　あんなのとチキンレースしたら殺されるぞ！」

　ロバートの仲間が、必死に彼の身体を抱き起こして揺さぶっている。周囲には生徒達の悲鳴が飛び交っていた。

「はぁ……悪いな、アイン。罠だとは思ってたが、家名と友人馬鹿にされていい子ちゃん振ってられる程、俺は大人じゃねぇよ。引き返して教員室に行ってくらァ」

「……勿論、俺も付き添う。ギランから手を出したとはいえ、貴族間での侮辱行為もまた御法度のはずだ。処分が軽くなるかもしれない。まずはトーマス先生に相談するべきだ」

　貴族の家名は決して安いものではない。先に手を出したギランの旗色が悪いことは間違いないが、人目の集まる場で堂々としつこく家名を貶していたロバートの言動もまた、ギランの処分を考慮する材料に入るはずだ。

「ギ、ギランさん、今の……」

「ギギ、ギランッ！　何をやってますの!?　じょじょっ、上級生の、それも子爵の顔面をぶん殴るなんて！　あんなの、へらへら笑ってやり過ごして、とっとと逃げておけばよかったんですわ！」

　ルルリアとヘレーナが駆けてくる。

ギランはヘレーナを睨み付けて黙らせたが、その後深く息を吐いた。

「……そうだな。学院で上手くやってくなら、ずっと肩で風切ってるわけにもいかねぇよな。悪い、今回の件は、迷惑掛けることになっちまうかもしれない」

「……あら、殊勝ですわね、ギラン。悪いものでも食べたんですの？」

ヘレーナは怒鳴られると思って身構えていたが、ギランの様子を見てぱちりと瞬きをしていた。なぜわかっていていつも、怒られることが前提の言葉選びをしてしまうのか。

ギランはヘレーナの言葉には答えず、彼女の後ろへと目をやっていた。俺もギランの視線の先を追う。

紫髪の、浅黒い肌の男がいた。ギランに負けず劣らずのキツめの三白眼で、長身で体格がいい。三名の取り巻きを後ろに引き連れていた。

「全てを見ていたぜ。とんでもないことをしでかしてくれたな、ギラン・ギルフォード。上級生を、一方的に魔技を使ってぶん殴るとは。いや、さすがの俺様でも予想できなかった。当たりどころによっては、死んだっておかしくない一撃だ。お前の殴った相手は、俺様とそれは仲のいい友人でな。此度の事件には、とても心を痛めているぞ。教師陣に圧を掛けて、徹底的に厳罰を要求する。覚悟していろ」

「テメェが裏で糸引いてやがったのか」

ギランが眉間に皺を寄せて男を睨む。

「知っている男か、ギラン？」

「髪色と肌、顔付き……そして何より、やり口でわかる。親父の怨敵の一つ、スレンズ伯爵家だ。家の利益ばかり追って騒動を引き起こし、目上にゃ節操なく媚を売って取り入り、下の奴は傲慢に扱って使い潰し、逆らう奴は謀略で貶める。ロクな印象を持っちゃいなかったが、次期当主も、当主に劣らず性悪らしい」

「クク、随分な言われようだな。だが、家名は確かに当たっているとも。如何にも、俺様がスカー・スレンズだ。ふむ……ギラン・ギルフォード、最後のチャンスをやろう」

「チャンスだァ？」

「地に頭を付けて『申し訳ございませんでしたスカー様、あなたに服従いたします』と宣言し、俺様の靴を舐めろ。そうすれば俺様は干渉せずに見逃してやる。どうだ？　素晴らしい提案だろう？俺様は嘘こそ吐くが、約束事は破らない」

　スカーが口角を大きく上げ、笑みを浮かべる。

「ス、スカー様、それでは計画が……！　ロバートは殴られ損では？　だ、だってあいつ、あんなに思いっきり……！」

　スカーの取り巻きが、彼へとそう言った。スカーはニヤニヤと笑みを浮かべたまま、彼の言葉を手で制した。

「ハッ、誰がそんなみっともない真似をするかよ。覚悟していろっつったな？　覚悟はとうにできてたぜ、拳を構えた時点でな。俺はテメェみたいな、保身しか考えてねぇ犬のクソとは違うんだよ」

「お前っ！　スカー様になんて口の利き方を……！」

取り巻きが前に出そうになったが、スカーはそれをまた手で制した。

「ククク……構わん、貴様ならそう言うとわかっていたとも。だが、ギラン、貴様は覚悟などできていない。そのことを思い知らせてやろう……そして、後で今のことを振り返り、こう思うのだ。俺様の靴をしゃぶって許しを乞うていた方が、ずっと良かったのだとな。近い内に、また顔を合わせることになろう」

スカー達は俺とギランの前を横切り、校舎の外へと向かっていった。

「貴様の父親が凶狼を気取っていられるのは、奴が一匹狼だったからに過ぎん。教えてやろう……貴族の権力というものの使い方をな」

ギランの前を横切るとき、スカーはそう口にした。

不吉な言葉だった。ギランはスカーの背を睨んだが、彼がこちらを振り返ることはなかった。

「スカー……だったな。裏で糸を引いている割には悠長な行動だ。校舎に戻らないばかりか、ロバート達に一瞥もくれなかった」

俺の言葉にギランが舌を鳴らした。

「既に根回しは終わってるんだろうよ。恐らく他の奴がチクりに行く手筈になってるんだ。準備だけはいい奴だ。覚悟はしてたが、ちっと面倒なことになりそうだ」

俺は息を呑んだ。

スカーは生徒だが、今の印象では、エッカルトよりも狡猾で慎重な男だ。エッカルトのような、杜撰で行き当たりばったりの計画ではない。

何より、スカー側に今のところ明確な落ち度がないため、こちらから攻めることもできない。恐らくエッカルトのように決闘に乗ってくることもないだろう。

俺は心中で、今回ばかりはネティア枢機卿の名を借りるしかないかもしれないと考えていた。彼女の名前を持ち出せば、フェルゼン学院長から間違いなく援護射撃をもらえる。かなり状況を有利にはできるはずだ。

ただ、その場合、学院内の生徒達に不信感を抱かせる恐れがある。フェルゼン学院長が一生徒を庇って動く建前が存在しないからだ。どうしたって、何か隠し事があることが浮き彫りになる。ネティア枢機卿がこの件を知れば、俺の存在が表に出る前にさっさと教会へと戻そうとするはずだ。

だが……ギランが卑劣な罠に掛けられて重い処罰を与えられるのを黙って見過ごすくらいであれば、俺はネティア枢機卿の名前を使ってでも庇うつもりだ。

「アイン、どうした？」

ギランに声を掛けられ、俺は顔を上げた。

「ああ、すまない、考え事をしていた。トーマス先生に相談に行こう。ひとまず、今はそうするしかない」

ロバートの落ち度をどうにか教師陣に認めさせ、ギランの処分が軽くなるように訴える形になるだろう。

ただ、何をどうすればどの程度の処分で済みそうなのかは俺では判断がつかない。動き方を考えるためにも、まずは協力的な教師への相談が第一だ。

「少し……長引きそうだな、この騒動は」

俺はそう呟いた。

3　―トーマス―

翌日、〈Eクラス〉の担任であるトーマスは学院長の部屋へと呼びだされていた。

「なんでしょうか？　フェルゼン学院長」

「なんでしょうか、ではない！　既に学院中に広まっておるのだぞ。儂が気が付いていないとでも思っておったのか」

フェルゼンは机を叩いてトーマスを睨む。

フェルゼンがトーマスを呼び出したのは、ロバートをギランが魔技を用いて殴った一件のことであった。

学院迷宮内での事件とは違い、ロバートとギランの事件は放課後すぐに校舎前で起きたものである。当然、学院中で噂となっていた。そうなれば、当然忙しいフェルゼンの耳にも入る。

また、フェルゼンは、スカーが既に教師陣への圧力を掛け始めており、ギランではなく攻撃しやすい平民のアインを退学処分へ追い込むべく動き始めていることまで摑んでいた。

「なぜ儂に黙っておった、トーマス！」

「前回のときと同様です。アインがそれを望んでいない。フェルゼン学院長が干渉すれば、あなたがアインを特別視していることを言いふらすようなものだ。アインはそうなれば、自身が学院を出ることになると考えているようです」

「む、むぐ……」

「おまけに陰で糸を引いているスカーは、性悪で慎重な男。攻めよりも守りが堅い。矢面には立たず自身は安全圏に引き籠り、盤面を動かすことに長けている。奴を崩すには、フェルゼン学院長として強引な手段を取る必要があるでしょうな。これが、あなたに黙っていた理由ですよ」

「しかし儂には話すだけ話しておけ！　そりゃ細かい生徒間の諍いを全て報告しろとは言わん！　だが、アインだけは別なのだ。万が一にでもあの〈禁忌の魔女〉の不興を買ってみろ、こんな学院、次の日には焼け野原になると思え」

「そこまでですか……。しかし、現状、フェルゼン学院長にできることはないでしょうよ。俺はアイン達をせいいっぱい、一教師の範囲で支援します。確かに状況が悪くないと言えば嘘になりますがね。かなりの数の生徒と、一部の教師がスカーの肩を持っている」

「スカー……か。やはり、〈貴き血の剣《ノーブルナイツ》〉か？」

フェルゼンも過激血統主義者の生徒間連盟、〈貴き血の剣《ノーブルナイツ》〉の存在に関しては認知している。ただ、〈貴き血の剣《ノーブルナイツ》〉は何人もの上級貴族が在籍しており、元学院生である現役騎士との繋がりも強い。

主な活動こそ騎士学院からの平民排斥となっているが、建前の信条として『より騎士らしく、より誇りある騎士を』を掲げている。下手に潰せば、騎士の誇りを尊重する信条の否定と見做され、揚げ足を取られかねないのだ。

実力主義で平民にも機会を与えるこの学院の方針に対する反発へのガス抜き的な役割も担っており、そういった面でも簡単に潰すことはできない。

「いえ、〈貴き血の剣《ノーブルナイツ》〉というより、スカー個人で企てたことのようですね。関与しているらしい生徒や教師に偏りがある。その分、相手の動かせる手札に限りがありますが、付け入る隙にはならんでしょう。スカーは貴族間の直接衝突を面倒と考えてか、平民であるアインが騒動の扇動をしたとして矢面に立たせ、退学へ追い込もうとしている。平民一人飛ばすには充分過ぎる動員数だ。いっそ、〈貴き血の剣《ノーブルナイツ》〉が関与していれば、その事実を咎める余地があったんですがね」

トーマスは自身の纏めた名簿を眺めながら、溜め息を吐いた。スカーに従って動いているとされる生徒と教師を纏めたものだった。

「しかし、学生ながらにして大した影響力……政治力ですよ。これが〈四騎士〉の一人、スカー・

スレンズか。恐らく家として対立していたギランを貶める策なんでしょうが、アインを挟んで間接的に攻撃して来ているため、その因果関係、動機を理由に攻めることも難しい。父親譲りか、あまりに手慣れている」

「そんな理由でアインを狙うとは、ふざけた真似を……！　オーガを斬るのを避けて、ドラゴンを狙う馬鹿がどこにおる。おまけにそのケツは儂が拭くのだぞ！　そんな理由でアインを退学にしてみろ、この騎士学院が……いや、王都ごと〈魔女の大祭典《ワルプルギス》〉に消し飛ばされてもおかしくないぞ」

「ワルプルギス……？」

「〈魔女の大祭典《ワルプルギス》〉……アインに並ぶ、魔女の持つ人間兵器の一つである。全属性を操る史上唯一の七重属性《パーフェクト》にして、個人で超級魔術《ランク6》を行使するとされる化け物だ。三年前、カルベア帝国がアディア王国との狭間に秘密裏に築いていた隠し砦を、単騎で一夜の間に破壊したとされておる。一国を個人で墜とせる魔術師は、神話以外にも存在するのだ」

「……さすがにそれは誇張でしょう」

「だとしても、それに近い戦力を魔女が有していることには変わらんわい！」

「しかし、我々にできるのは、あくまで一教師の範囲でアイン達を支援することだけでしょう。アインからそう頼まれれば、彼が教会へ送還されることを覚悟して、もう少し強引に動くべきでしょうが……」

「ちぃっ！　トーマス、貴様のやり方では回りくどいのだ！　任せておれんわい！　今回の件は、儂が引き受ける！　学生の割に、大した政治力？　それは学生の範囲で、の話であろう。伯爵子息程度、どうとでも叩き潰せるということを教えてやるわ。どいつもこいつも儂の庭で好き勝手に暴れよって」

　フェルゼンが興奮気味に叫ぶ。

「落ち着いてください、フェルゼン学院長。ですから、あなたが干渉する理由……建前がないんです」

「フンッ、なければ作ればいいのだ。それだけの話であろう？」

「はあ……？」

　トーマスは眉を顰める。フェルゼンは立ち上がると、トーマスから関与している生徒と教師の名簿をひったくった。

「あ、ちょっと……学院長！」

「む、この一覧、〈貴き血の剣《ノーブルナイツ》〉が関与しておるな。あまり派手な動きはしないように色々な形で釘を刺しておったのに、わからん奴らだ。衝突が起きれば、お互い面倒なだけだとわからんのか。これだからガキの集まりは」

「いえ、フェルゼン学院長、ですから〈貴き血の剣《ノーブルナイツ》〉ではなく、スカー・スレンズがあくまで個人で行っていることです」

　トーマスが呆れたようにそう言った。

「いいや、関与していることにする」

「は……？」

トーマスは目を丸くした。

「〈貴き血の剣《ノーブルナイツ》〉が平民排斥運動を活発化させようとしてこのような事件を仕組んだのであれば、儂が動く理由になる。勘違いであったとしてもな。ふむ、これで建前は解決したな」

「そ、それは、確かにそうですが……。しかし、学院長の立場があるとはいえ、この事件で完全にギランの肩を持つことは難しいでしょう。確かに学院長が注目しているとなれば、それだけでスカーについていた教師も離れるはずです。アインの退学だけは阻止できるかもしれませんが……」

「何を言っておる？　大掛かりに仕組まれたものであることは、この名簿から見ても明らかであろう？」

「それはスカーに有利な証言をしている人間を集めただけです。確かにやや二年生に偏ってはいるものの、決定的なものにならないように意図的に層をバラしている。証言も断定的なものはなく、主観的なものが多い。破綻や粗、嘘を吐くことへの個人の抵抗感を突かれないようにするためでしょう。ですから、これだけを理由に、スカーに与していたと扱うことはできませんよ。これが仕組まれたものであったことを客観的に証明することは難しい……」

「フン、お前はまだまだ甘いなトーマス。このリストの中から、なるべくスカーと繋がりが強そうで、気が弱そうな奴を、片っ端から一人ずつこの場に呼び出して尋問するぞ。情報共有されんように、今日中に終わらせる」

フェルゼンは迷いなくそう言い切った。トーマスは開いた口が塞がらなかった。

「が、学院長がそこまでする、説明できる理由がないでしょう！　そもそも、仮にそれで何も出なかったら、とんでもない問題になる！」

「〈貴き血の剣〉《ノーブルナイツ》が活発化したと勘違いした儂が、楔を打つために強硬策に出ただけである。そして、何も出ないはずがあるまい。何か出るまでやるのだからな。最悪の場合、儂に借りのある貴族の子息に証言をでっち上げさせる。何も手を打てんで魔女の怒りを買えば、とんでもないことになるのはこの学院の方であるからな。ほら、早く呼んで来いトーマス。時間が惜しい。なるべく周囲に悟られんように動くのだぞ。スカーが気付けば手を打ってくる」

フェルゼンは半ば投げるように名簿を突っ返す。

「無茶苦茶だ……」

トーマスは深く溜め息を吐いた。

4　―トーマス―

数刻後、夜遅く。ギランに殴られて顔中包帯だらけで治療室に寝かされていたロバートは、トーマスによって強引に学院長の部屋へと連れてこられていた。

「あ、あ、あの……フェルゼン学院長が、俺なんかに何の御用で？」

「しらばっくれるでない。ロバート……儂の庭で、大変な事件を起こしてくれたな。方針が気に喰わないのであれば、何故この王立レーダンテ騎士学院へ来た？　今日限りで出ていってもらっても結構であるぞ」

「ま、待ってください、何の話やら……！」

ロバートは口をぱくぱくと動かしながら必死に弁明する。

元よりロバートは、〈四騎士〉の一人であるスカーの指示に従って動いている。背後にスカーがいる限り、多くの教師や生徒が自身の味方であるはずだった。

対して一匹狼で弱小貴族のギラン、平民のアインには、そのようなバックは付いていないと踏んでいた。学院長から呼び出しを受けて尋問される羽目になるとは思っていなかったのだ。まるで覚悟ができていなかった。

「フン、まだ白を切れると？　此度の事件、貴様が〈貴き血の剣《ノーブルナイツ》〉の命令を受けて、平民出身の優秀な生徒を退学へ追い込むべく仕組んだことであったのだろうが！」

「え？　ちち、違います！　違います！　それだけは絶対に違います！」

ロバートは激しく首を横に振った。

今回の事件は〈貴き血の剣《ノーブルナイツ》〉とは完全に独立してスカーが起こしたものである。それだけは揺るぎない事実であった。

「既に他の生徒から裏は取れておるわい。ロバート、お前が〈貴き血の剣《ノーブルナイツ》〉の〈四騎士〉であるスカーより、平民排斥の一環として〈Eクラス〉のアインを狙って退学へ追い込むように命じられていたとな！」

「えっ、ええ、えええええええ!? だだ、誰がそんなこと！　なんで!?」

ロバートは目を見開き、席を立ってぱくぱくと口を動かす。

「フェルゼン学院長、あの、そこまでの証言は誰もしてませんでしたよね……？」

思わずトーマスが口を挟んだ。

既に他の生徒から脅迫紛いの尋問で裏を取っていたことは事実である。ただ、フェルゼンはそこから得た証言を、好き勝手に曲解してロバートを追い込むための武器にしていた。

「だっ、誰か、誰かが俺を嵌めようとしている！　そう、そうだ！　この事件にかこつけて、俺を嵌めようとしている奴がいるんだ！　そうじゃないと、だっておかしい！　誰がそんなことを！」

「フン、まぁ黙っているつもりならそれでよい。〈貴き血の剣《ノーブルナイツ》〉の権威は強く、まともにやり合うなら学院中を巻き込んだ騒動になる。どうせ〈貴き血の剣《ノーブルナイツ》〉も、貴様を尻尾切りする方向で進めるであろうな。まったく、お互いまた無駄骨というわけか」

「ししし、尻尾切り!?」

「何も話さないならば下がるがいい。だが、組織的に学院に思想を押し付けようと事を起こした罪は大きいぞ。貴様は、その責任を個人で全て引き受けるつもりらしいな。その覚悟はよぅくわかったわい」

「な、ないです！　そんな覚悟ないです！　本当っ、これ、何かおかしい！　罠なんです！　誰かが、どさくさに紛れて俺を消そうとしている！　信じてください！」

ロバートはパニックになっていた。自身の知らぬ間に、話が勝手に大きくなっている。学院長であるフェルゼンが直接出てきた経緯もわからないが、計画が全部彼に筒抜けになっていることも脅威であった。おまけに何故かありもしない罪まで着せられそうになっている。

既に誰かが裏切って喋ったことは間違いないのだ。その上で、ロバートに虚言で責任を押し付けようとしている者がいる。進むも地獄、退くも地獄。深夜であることも合わさって、まともに物事が考えられない状態に陥っていた。

「ロバート・ロンド。じきに正式な処分を下すことになる、荷物を纏めておけ」

「すっ、全てお話しします！　待ってください！　ス、スカー様が、〈貴き血の剣《ノーブルナイツ》〉に関与させずに独断で進めたものだったんです！　カマーセン侯爵家に楯突いたギラン・ギルフォードに制裁を行うと……！　なので〈貴き血の剣《ノーブルナイツ》〉は関係ないんです！　お、俺も、スカー様に命令されただけで……！　ロ、ロンド子爵家は、スレンズ伯爵家に逆らえないんです！　信じてください、本当に……！　何でも話しますから！」

ロバートが必死に涙ながらに訴える。

「むぅ……なんと、〈貴き血の剣《ノーブルナイツ》〉が関与していると考えたのは、儂の早とちりであったか。確かにそう聞いたと思ったのだが、どうやら連中を叩く好機だと、気が急いておったらしい」

フェルゼンは困ったようにそう口にする。

「……よく言う」

トーマスは肩を落とし、疲れ切ったようにそう零した。

「まあ、成り行きではあるが学院内の陰謀を明らかにした以上は、当然それを放置しておく理由もない。トーマスよ、後は任せたぞ。主犯であるスカー・スレンズの悪事に関する証言を集め、教員会議に掛けよ」

「はいはい、フェルゼン学院長の仰せのままに……」

トーマスは深く溜め息を吐き、学院長の部屋を出ていった。

5

「クソが……厄介な相手だとは思ってたが、アインを狙ってくるとはな。回りくどい、陰湿な手が好きなスレンズ伯爵家らしい。後悔させてやるってのは、ああいう意味かよ！」

ギランが校舎の壁を蹴る。

「ギラン、落ち着いてくれ。ほら、行こう。教室へ行く前に、教員室に寄ってトーマス先生と情報共有しておくという話だっただろう？」

スカー・スレンズ……。想定こそしていたが、エッカルトなんかよりも遥かに強敵だ。あまりに相手の守りが堅牢である。

スカーの行動は、一手一手が効果的かつ、自身を必ず安全圏に置くように動いている。直接的にギランを叩かずに俺を叩くことで、貴族同士の対立という構図を避けた。政治を理解している男の動きだ。

だが、攻撃の手が温いというわけではない。保身を主軸にしながらも、結果として直線的に相手を責めるよりも大きな効果を発揮している。ギランは本人より、周囲が叩かれることを嫌がる。彼の性格や性質をよく熟知している。

俺は生徒同士の武力勝負では負けない自信はある。だが、こうした学院内政治抗争となればさっぱりだ。人脈もなければ、知識も頭脳もない。

俺の脳裏に、スカーの言葉が過った。

『教えてやろう……貴族の権力というものの使い方をな』

俺は横に首を振った。

確かに権力は強力だ。特に、この王立レーダンテ騎士学院においては。まるで打開策が見えてこない。

エッカルト相手に凌ぎ切ることができたのは、エッカルトが権力頼みで隙だらけであったことが大きい。だが、スカーはそうではない。尊大だが、慢心してはいない。

本質的に臆病なところがあるのだろう。ネティア枢機卿も、権力者には臆病な方が向いているとよく口にしていた。政治の歴史は、いつの世も暗殺と裏切りに溢れている。

そういった面で、スカーは典型的な権力者気質であった。ギルフォード男爵家と相容れない、というのも納得のいく話であった。

「巻き込んじまって、本当にすまねぇ……アイン。だが、安心してくれ。スカーのクソ野郎に勝ち逃げはさせねぇ。もしもアインが退学になるようなことがあったら、俺がその日に奴の生首を学院のシンボルとして晒してやる」

「いや、それはそれで何も安心できないんだが……」

学院内で貴族同士の殺し合いが起きて、それも殺されたのが伯爵家の次期当主だなど、下手したら両者の領地間で戦争が起きかねない。

「そうすれば、みみっちい殴り合いのことなんざ皆忘れちまうはずだ。アインは残れる、スカーもぶっ飛ばせる」

「ぶっ飛ばすで済んでいないんだが……」

そのとき、教員室から出てきたトーマスと目が合った。

「トーマス先生……。人目に付かない場所に移動してもらっていいか？　俺達が集めた情報を、先生と共有したい」

「ああ、あの事件ならもう片付いたぞ」

トーマスはあっさりとそんなことを口にする。

「む？」

「アインのそんな気の抜けた顔を見るのは初めてだな。朝から貴重なものが見られた」

「い、いや、トーマス先生、言葉の意味がわからないのだが……」

「だから、お前達の処分はお咎めなしになった。ロバートが罪の重さに耐えきれずに喋ったんだよ。スカーに命令されて、ギランの周囲にいる平民を嵌めるためにやったことだってな。そうなったら後は芋蔓《いもづる》式だ。スカーに協力してた奴が、溺れる船から逃げ出すかの如く、一斉に白状を始めた。そのせいで……ふぁぁぁあ、俺は寝不足だよ」

俺はギランと顔を見合わせた。ギランも狐につままれたような顔をしていた。

「スカーは早朝に教員室に呼び出されている。今行ったら、出くわしかねないぞ。教室には遠回りしていけ。奴と会っても別に話したいこともないだろ」

「もしや学院長が……？」

俺は思わず尋ねた。あまりに話がとんとん拍子過ぎる。スカーがこんなあっさりと自爆してくれるとは思えない。

「安心しろ、学院長は血統主義の生徒間連盟である〈貴き血の剣《ノーブルナイツ》〉が、平民排斥の一環としてこの騒動を仕掛けたと考え、調査を行っていた。今回はたまたまそこにぶつかっただけだ。教会は全く関係ない。それに、ロバートもただの良心の呵責による自白だということになっている」

「なるほど……？」

そのとき、教師に連れられて廊下を歩く、一人の男子生徒の姿が見えた。紫色の髪に、浅黒い肌。いつもは鋭利な眼を丸く見開き、力なく呆けたように口を開けている。

「俺様に、何が起きている……？」

「歩け、スカー！　まったく、担任である俺の顔に泥を塗ってくれるとはな！　教員室では既に笑いものだ！」

スカーと、二年の〈Aクラス〉の担任教師のようであった。向かってきたのは教員室の方からだ。別室で尋問を行うことになったのだろう。

「スカー、〈貴き血の剣《ノーブルナイツ》〉は、この騒動と関連付けて巻き込まれることを嫌って、〈四騎士〉からのお前の降格、及び除名を考えているそうだ」

「そ、そんな馬鹿な……！」

「お前が学院退学を免れるかどうかの問題が先だろうがな」

「なんだと！　おっ、俺様は、スレンズ伯爵家の次期当主だぞ！　退学処分になどすれば、俺様の派閥の貴族を、学院は一斉に敵に回すことになる！　そ、そんなこと、するわけがない！　いや、して許されるものか！」

「俺に言っても仕方がないだろうがよ」

「なぜ、なぜ俺様がこうなった……？　不運だったというのか？　いや、それだけで説明がつくはずもない。俺様は、いったい何を敵に回したのだ……？」

スカーはこちらに気づく様子もない。すっかり憔悴しているようだった。そのまま担任に連れられ、ふらふらと歩いて行った。

「この騒動で、学院内の味方の大半を失ったらしい。不祥事起こした貴族の子息なんかについてても仕方がないし、口を割った生徒は、報復を恐れてそのままスカーに従っているわけにもいかんからな。……ふぁああ、今日は授業中に昼寝してても咎めないでくれよ、お前らのために奔走したんだから」

トーマスはそう言ってまた欠伸をした。

「……大変なんだな、騎士学院内の政治抗争というのも」

スカーの計略がなまじ盤石だったからこそ、フェルゼン学院長は地表からひっくり返すしかなかったのだろう。その結果、スカーが下敷きになって潰れる形になった。

『教えてやろう……貴族の権力というものの使い方をな』

俺はスカーの言葉を思い出していた。スカーがこの王国を陰から操るネティア枢機卿の逆鱗に触れかけたことを理解する日は、きっと来ないのだろう。

あとがき

作者の猫子です。本作品、『王国の最終兵器、劣等生として騎士学院へ』をお買い上げいただき、ありがとうございます！

タイトルがちょっと長いので、通称は王国最終兵器、または最終兵器ですかね……？

ＳＱＥＸノベル様からは他に『転生したらドラゴンの卵だった』、通称ドラたまを刊行していただいております。

ドラたまの方はシリーズ十四巻まで出ているため、こっちの作品の方を先に知って、同作者ということで王国最終兵器を買ってくださった読者様が多いのかなと、勝手に考えております。知らなかった方は、ぜひぜひドラたまの方もご確認していただけましたら幸いです！

また、本作品の王国最終兵器ですが、現在コミカライズ企画進行中となっております！　詳細についてはこのあとがきを書いている段階では未定なのですが、年内には動きがあるのではないかなと思います！　こちらもぜひぜひお楽しみに！

今作王国最終兵器の主要メンバーはアインとルルリア、ギラン、そしてヘレーナの〈Eクラス〉仲良し四人組となっております！

王国最終兵器のアインに、平民にして魔法の秀才ルルリア、凶狼貴族のギランに、似非お嬢……げふんげふん、貴族の令嬢ヘレーナ様と、個性引き立つキャラクター達になったなあと、我ながら会心しております。

今後もヘレーナ様の活躍にこうご期待！

本巻の表紙もこの四人組となっております。

アインとギランはとても格好よく、ルルリアとヘレーナはとても可愛らしくイラストレーター様に描いていただきました！　作者冥利に尽きます……！

因みに表紙の袖部分にはダウナー系教師のトーマス先生が、裏表紙にはフェルゼン学院長とネティア枢機卿がいます！　気付いていなかった方は、ぜひご確認を！　このキャラクター達も、とても素晴らしいデザインに仕上げていただきましたのでっ！

ちょっとした小ネタですが、元々ネティア枢機卿は何も被っていない状態で表紙イラストに出てくる予定だったのですが、この快晴でそのまま出てくるのはちょっとキャライメージに反するかもしれないとイラストレーター様よりご提案いただき、現在の形になりました。色々考えてくださって本当にありがたい……！

……そういえば裏表紙のことを背表紙と書きそうになったのですが、背表紙はあの側面のところというか、本棚に並べた際に前に出てくる箇所のことでしたね。ええい、ややこしい。裏と背で、なぜ別の場所を示すことになるのか。

引っ掛かったことはスマホで十秒で調べられる時代になったので、恥を掻かずに済んでよかったです。

でもあの部分を背表紙と名付けたこと自体が先人の過ちだったのではないかと、ちょっとだけまだ抵抗してみたりします。

普通、裏も背も、どちらも同じく反対側を示す言葉であってしかるべきだと思うんですよね。こういう誤解を招きやすい、直感的にしっくりこない表現はあまりよろしくないのではないでしょうか？

いっそ横表紙、側面表紙、あの一番面積の狭い表紙だとか、そういった名称の方が勘違いはぐっと減るのではないかと思います。

あそこが背表紙だと、だったらどこか腹表紙になるのかと、そういう話になって来ると思うんですね。私はいったい何の話をしているんだ……？

なんでこんなにどうでもいい方面に話が脱線するんだと思われた方、申し訳ございません。実はあとがきスペースを四ページほどいただいたのですが、ちょっとばかりページ数を持て余してしまいまして……。

ここにも改行を足してみようかなあとか、ああまだぎりぎり三ページ目だなあとか、そんなことを考えながらちょこちょこと現在あとがきを執筆させていただいております。あまり硬い挨拶や、自分の作品についてあれこれ語るのが得意ではないものでして……。ああ今頑張って行数を稼いでいるんだなと、生暖かい目で見守っていただければ幸いです。猫子作品では珍しいあとがきではないので。

そろそろここが四ページ目くらいですかね……？

ではちょっとぐだぐだではありますが、こんなところであとがきを締めさせていただこうと思います！

本作品をお買い上げいただいた皆様、本当にありがとうございました！　また次巻でもお付き合いいただけましたら幸いです！

内容全く思いつかなかったので
落書きを置きましたが、これをあとがきと
呼んでいいのかはわかりません。
ヘレーナ推しです。

nauribon 

ひーん
ルルリアシールド
スス…

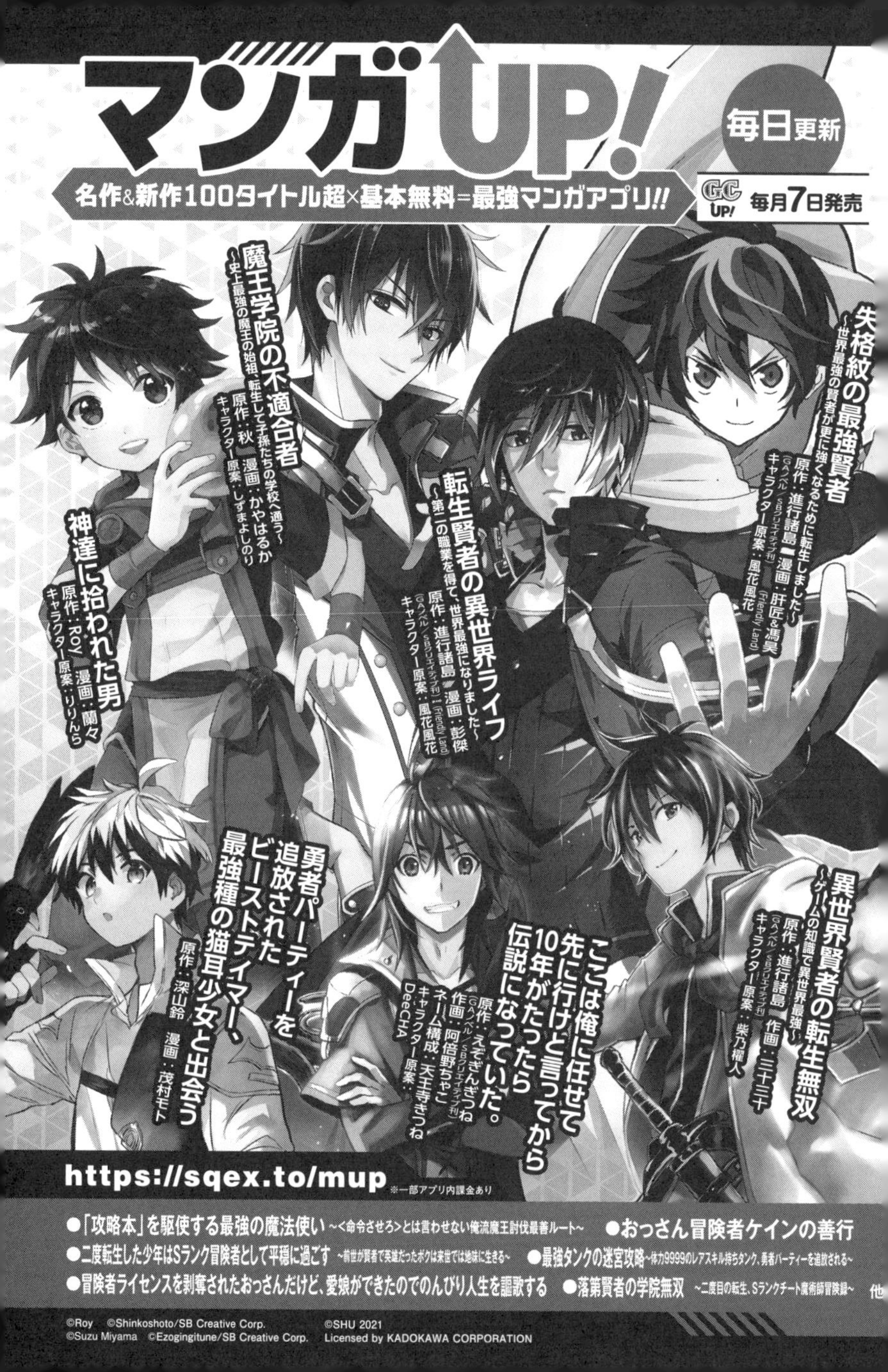
マンガUP!
毎日更新
名作&新作100タイトル超×基本無料=最強マンガアプリ!!
GC UP! 毎月7日発売
失格紋の最強賢者
~世界最強の賢者が更に強くなるために転生しました~
原作:進行諸島 漫画:肝匠&馮昊
(GAノベル/SBクリエイティブ刊) (Friendly Land)
キャラクター原案:風花風花
魔王学院の不適合者
~史上最強の魔王の始祖、転生して子孫たちの学校へ通う~
原作:秋 漫画:かやはるか
キャラクター原案:しずまよしのり
転生賢者の異世界ライフ
~第二の職業を得て、世界最強になりました~
原作:進行諸島 漫画:彭傑
(GAノベル/SBクリエイティブ刊) (Friendly Land)
キャラクター原案:風花風花
神達に拾われた男
原作:Roy 漫画:蘭々
キャラクター原案:りりんら
異世界賢者の転生無双
~ゲームの知識で異世界最強~
原作:進行諸島 作画:三十三十
(GAノベル/SBクリエイティブ刊)
キャラクター原案:柴乃櫂人
ここは俺に任せて先に行けと言ってから10年がたったら伝説になっていた。
原作:えぞぎんぎつね
(GAノベル/SBクリエイティブ刊)
作画:阿倍野ちゃこ
ネーム構成:天王寺きつね
キャラクター原案:DeeCHA
勇者パーティーを追放されたビーストテイマー、最強種の猫耳少女と出会う
原作:深山鈴 漫画:茂村モト
https://sqex.to/mup ※一部アプリ内課金あり
●「攻略本」を駆使する最強の魔法使い ~<命令させろ>とは言わせない俺流魔王討伐最善ルート~
●おっさん冒険者ケインの善行
●二度転生した少年はSランク冒険者として平穏に過ごす ~前世が賢者で英雄だったボクは来世では地味に生きる~
●最強タンクの迷宮攻略~体力9999のレアスキル持ちタンク、勇者パーティーを追放される~
●冒険者ライセンスを剥奪されたおっさんだけど、愛娘ができたのでのんびり人生を謳歌する
●落第賢者の学院無双 ~二度目の転生、Sランクチート魔術師冒険録~
他
©Roy ©Shinkoshoto/SB Creative Corp. ©SHU 2021
©Suzu Miyama ©Ezogingitune/SB Creative Corp. Licensed by KADOKAWA CORPORATION

SQEXノベル

王国の最終兵器、劣等生として騎士学院へ 1

著者
猫子
イラストレーター
nauribon

2021年7月7日　初版発行

発行人
松浦克義
発行所
株式会社スクウェア・エニックス
〒160-8430
東京都新宿区新宿6-27-30　新宿イーストサイドスクエア
（お問い合わせ）スクウェア・エニックス　サポートセンター
https://sqex.to/PUB

印刷所
中央精版印刷株式会社
担当編集
齋藤芙嵯乃
装幀
冨永尚弘（木村デザイン・ラボ）

ISBN978-4-7575-7365-9　C0093　Printed in Japan